散文经典

美好的七年

〔以色列〕埃特加·凯雷特 著

方铁 译

人民文学出版社
PEOPLE'S LITERATURE PUBLISHING HOUSE

著作权合同登记号　图字 01-2017-2968

图书在版编目(CIP)数据

美好的七年/(以)埃特加·凯雷特著;方铁译
.—北京:人民文学出版社,2020
(散文经典)
ISBN 978-7-02-016248-2

Ⅰ.①美…　Ⅱ.①埃…②方…　Ⅲ.①散文集-以色列-现代　Ⅳ.①I382.65

中国版本图书馆 CIP 数据核字(2020)第 071442 号

责任编辑　朱卫净　颜颖颖
封面设计　汪佳诗

出版发行　人民文学出版社
社　　址　北京市朝内大街 166 号
邮政编码　100705
网　　址　http://www.rw-cn.com
印　　刷　山东临沂新华印刷物流集团有限责任公司
经　　销　全国新华书店等
字　　数　85 千字
开　　本　787 毫米×1092 毫米　1/32
印　　张　5.25
版　　次　2017 年 10 月第 1 版
印　　次　2020 年 9 月第 1 次印刷
书　　号　978-7-02-016248-2
定　　价　39.00 元

如有印装质量问题,请与本社图书销售中心调换。电话:010-65233595

序

一个作者说他写的一本书对他尤为重要时，他的话还不够全面。一本书的存在，必须起码对一个人尤为重要。作者有点运气的话，这个人会是这本书的读者们中的一位，但即使作者的运气没这么好，面对自己写的书还是会兴奋得像个自豪的家长。我觉得自己至少写了四本书后才意识到这一点，如今对此已了然于胸。然而我还是要说，这本书对我尤为重要。因为这是我写作超过二十五年后出版的第一部非虚构作品；因为它让我作为写作者进入了新的领域，一个前所未知的领域，这个领域那么私密而易受中伤。这新地方太令人惊恐了，以至于我决定不以母语（希伯来语）、不在我住的地方（以色列）出版这本书，而仅与陌生人分享它。

就我对自己的所知，我的故事总是分成两种类型：一种是我喜欢对亲近的朋友和邻居讲述的故事，另一种是我宁愿讲给在飞机或火车上坐在我身边的某个人听的故事。本书中的故事属于第二类：关于我儿子问我的问题，以及我能给出的答案；关于我的父亲，他总是在我需要被拯救时来搭救我，但他病了后，我却不能对他施以同样的援手；关于我父亲生病时我在脸的正中留了撮小胡子，以使人们不会问我“近来如何”这个一时太难说清的问题；关于从未被满足的强烈欲望；关于一场悄无声息地变成我年幼儿子童年风景的永不停止的战争。

在往后的一百多页中，你会跟我共乘一列有轨电车。你读至最后一页，我会到站下车，彼此也许后会无期。这七年的旅程，自我儿子诞生始，至我父亲去世终，我希望其中的一些东西会同样触动你。

第一年

突然，那事儿又发生了

“我就是憎恨恐怖袭击，”瘦护士对老护士说，“来点儿口香糖不？”

老护士拿了片口香糖，点点头。“那你又能怎样？”她说，“我还讨厌急诊呢。”

“恐怖袭击跟急诊不一样，”瘦护士坚持道，“我觉得处理紧急事件没什么问题。但我跟你讲，这是恐怖袭击。摊上这事儿就全玩完了。”

这时，我正坐在产科病房门外的板凳上，思量她说得没错。一小时前，我欣喜若狂地带着妻子来到这儿。送我们来的是一位整洁得变态的出租车司机，当时我妻子的羊水破了，他一个劲儿担心他车子的坐垫要毁了。现在，我忧郁地坐在走廊里，等着护士从急诊室出来。除了这两个护士，所有人都去帮助治疗在袭击中受伤的人了。我妻子的宫缩减缓了。孩子可能也觉得整个生产过程相比之下没那么要紧吧。在我去医院餐吧的路上，一些伤员被放在轮床上吱吱地从我身边推过。我们乘着出租车来医院的一路上，我妻子像个疯女人似的尖叫，但这些伤员都很安静。

“你是埃特加·凯雷特吗？”一个穿方格子衬衫的家伙问我，“那个作家？”我很勉强地点点头。“呃，你都知道些什么？”他边说边从包里拿出一个小小的磁带录音机，问道，“事情发生时你在哪里？”我迟疑了一下，他用同情的口吻说：“慢慢来，别有压力。你刚刚经历了创伤性打击。”

“我没遭遇袭击，”我解释道，“我今天是碰巧在这儿。我妻子要生了。”

“噢，”他一点儿都没试图掩饰失望，按下录音机的停止键，说道，“恭喜了。”然后他坐到我身边，点了一支烟。

“你也许该和其他人谈谈，”我建议他，希望“长好采”牌雪茄的烟别在我脸上缭绕，“我刚才看见他们把两个人推进了神经科。”

“他们是俄罗斯人，”他叹着气说道，“一个希伯来文都不识。再说了，那些人无论如何都不会让你进神经科的。这是我第七次来这家医院，我知道会有哪些场面。”我们默然无语地坐了一会儿。他大概比我年轻十岁，但已经开始谢顶。他注意到我正看着他时，就笑着说：“真糟糕，你当时不在那儿。一个作家对袭击的反应说不定会给我的文章增色不少，比如新鲜的感受、细腻的视角之类的。每次袭击后，我得到的总是这样的反应：‘突然，我听到一声爆炸’，‘我不知道发生什么了’，‘所有东西都被鲜血覆盖’，你愿意听这样的话听几遍？”

“这不是他们的错，”我说，“这只是因为袭击总是差不多。人们对爆炸和死亡已经麻木了，你能让人说出什么新鲜的东西？”

“不知道，”他耸耸肩说道，“你才是作家。”

一些穿着白大褂的人从急诊室出来，去了产科病房。“你是从特拉维夫来的，”记者对我说，“你干吗一路跑到这种垃圾地方来生孩子？”

“我们希望是自然分娩，这儿的妇产科……”

“自然分娩？”他窃笑着打断我，“对一个肚脐上垂着根缆绳、从你老婆阴道里弹出来的小侏儒，有什么自然可说？”我不想回应他。“我告诉我老婆，”他继续说道，“‘你要是生孩子，就得像美国人那样，做剖宫手术。我可不想你因为我被一个婴儿撑得变了形。’只有原始社会的女人才像动物那样生孩子。好啦，我得去工作了，”他缓缓站起身来，又试图采访我，“你或许至少想就这次袭击说点儿什么吧？”他问道，“它有没有改变你什么？比如会影响你给这个孩子取名或其他什么的。”我抱歉似的笑了笑。“没事儿，”他边说边眨眨眼，“伙计，希望一切顺利。”

六个小时后，一个肚脐上垂着根缆绳的侏儒弹出我妻子的阴道并立刻大哭起来。我试着安抚他，让他确信没什么好担心的，等他长大时，中东会变得井然有序：和平会到来，不会再有任何恐怖袭击，即使千载难逢地遇上一次，也总可以用新鲜的感受、细腻的视角完美地描述它。他安静了一会儿，考虑下一步该怎么做。他应该天真一点儿，因为他还只是个新生婴儿。但他并不买账，在犹豫了几秒，打了个小嗝之后，又哭起来。

成年婴儿

我还是个孩子时，父母带我去欧洲旅游。在那次旅程中，最让我激动的不是大本钟或埃菲尔铁塔，而是从以色列至伦敦的飞行——说得更准确点儿，是飞机餐。托盘上放着一小罐可口可乐，旁边是一盒不比香烟盒大的玉米片。

当我享用那份小东西，发现那罐可乐味道跟普通装的一模一样而玉米片也真的可以吃时，惊讶变成真正的兴奋。很难确切地解释这兴奋源自何处。我说的不过是一份小包装软饮料和谷物早餐，但我当时七岁，确信自己见证了奇迹。

如今，三十年后，我坐在特拉维夫的起居室里，看着我两周大的儿子，产生了差不多同样的感觉：这个人体重不足十磅，却和这个星球上所有的人一样有愤怒、无聊、恐惧和平静。给他套上西服三件套，戴上劳力士手表，塞给他一个小公文包，把他推入社会，他也能眼睛眨也不眨地沟通、作战、签协议。是的，他不说话。他也会只争朝夕地让自己堕落。我承认，他在被发射进太空或被允许驾驶F-16战斗机前，还应该学点儿东西。不过总的来说，他已经是个被包裹在十九英寸蜡烛包中的完整的人，和其他任何人都不一样，是个激进的、古怪的人，一个像样的人物，那种你尊敬却不能完全理解的人。因为，除却身高和体重不表，他和所有复杂的人一样，也有许多面向。

我儿子是个受神启的人：就像有的人读了很多佛教方面的书，或听了两三场大师的讲座，或在印度拉过肚子，但我必须说，我儿子才是我见过的最通灵的人。他的确活在当下：他不曾有过怨恨，也不忧惧将来。他的自我彻底自由。他从不试图维护荣誉或赢取信任。另外说一句，他的爷爷奶奶已经给他开立了一个储蓄账户，爷爷每次摇晃他的摇篮，跟他讲自己为他准备的高利率储蓄在预期的个位数通货膨胀率之下，二十一年后到期时将是多少钱，小东西没有回应。不过随后我爸爸计算起基准利率的不确定因素时，我注意到我儿子额头上现出皱纹——他的无忧世界的第一道裂缝。

我儿子是个瘾君子。我要向所有正读此书的瘾君子和戒毒者抱歉，不过恕我直言，他们上瘾所受的苦远不及我儿子。他如每一个真正的瘾君子，不像非瘾君子有很多样选择来度过休闲时光——读本好书、晚间散步或看美国职业男篮季后赛。对他来说，只有两种选择：一个乳房或者地狱。“你用不了多久就会发现世界上有许多精彩的东西——姑娘，酒精，网上非法赌博。”我试图用这些话抚慰他。但我们都知道，这些事物出现之前，只有乳房。他和我们都很幸运，他有个装备了两只乳房的母亲。即使最糟糕的剧情出现，一只乳房坏掉了，总还有只备用的。

我儿子是个精神病患者。我有时候晚上醒来，看见他在我身边的床上晃着小手指，就像个正在消耗电池电量的玩具，发出奇怪的喉音。我的脑海中禁不住浮现出恐怖电影《灵异入侵》中那个叫恰奇的娃娃[①]。他们差不多一样高，一样性格暴躁，一样未持任何圣物。这是我两周大的儿子真正令人不安的地方：他没有哪怕一丁点儿的道德感，一盎司都没有。种族主义、不平等、迟钝、歧视，他都毫不在乎。他对超越他的直接驱动力和欲望之上的东西都毫无兴趣。对他来说，其他人是下地狱还是去绿色和平组织都无所谓。他现在想要的全部就是好喝的奶或减轻尿布疹，如果需要毁灭世界达到这些目的，只要把毁灭按钮指给他看就行。他会二话不说，毫不犹豫地按下去。

---

① 在电影《灵异入侵》(*Child's Play*)中，连环杀人犯查尔斯·雷在被警察追捕的过程中，将灵魂转移到玩具恰奇（Chucky）身上，变成一个恐怖与罪恶的娃娃。

我儿子是个自我仇恨的犹太人……

“你不觉得自己想太多了吗？”妻子打断我的思绪，“与其给你可爱的儿子凭空捏造这些歇斯底里的指控，不如做点儿有益的事情来改变他。”

“好了，好了，”我对她说，“我这就不瞎想了。”

来电与应答

我真心崇拜那些打来电话时，并不立刻迫使你进入话题，而是先倾听并尝试体会你情绪的贴心的电话推销员。这就是“耶思”卫星电视公司的德芙拉打来电话问我是否有心情跟她交谈时，我首先对她的周到表达感谢的原因。随后我礼貌地回答她，我没有这个心情。

“因为我刚刚不巧摔进一个洞里，碰伤前额和脚。所以时机实在是不合适。”我解释道。

“我理解，”德芙拉说，“那你觉得什么时候会比较合适呢？一小时以后？”

“我不太确定，”我说，“我的脚踝肯定断了。这洞很深，要是没人帮我，我自己可出不了洞。所以我什么时候能与人通电话，取决于救援队什么时候能到，以及医生是否要给我的脚打石膏。”

“也就是说，我或许应该明天再打过来？”她提议道，语气平静极了。

“是呀，”我呻吟，“明天应该没问题。”

“洞到底是怎么回事？”出租车里，坐在我身旁的妻子在听了我闪烁其词的回绝伎俩后责备道。这是我们第一次把儿子列维留给我妈妈带后两个人外出，所以她有点儿烦躁。“你干吗不直接说‘谢谢，不过我对你推销的任何东西都没有买或租或借的兴趣，所以请你这辈子都别再打来了，如果可以，下辈子也别打来’，随后在简短的停顿后来一句‘祝你一天愉快’，然后挂断？其他人都是这样干的。”

我不觉得其他人对德芙拉和她一家子的态度像我妻子说的那样强硬恶劣，但我必须承认她说到了点子上。中东人比这个星球上的其他人对必死的命运体会更深，这导致大多数中东人对试图浪费一点点他们待在地球上的时间的陌生人形成一种攻击性倾向。我虽然也吝啬地保卫自己的时间，但真的无法对电话中的陌生人说不。我可以毫无困难地摆脱上门推销的小贩或是在电话里向我推销的熟人。但是“电话推销”加“陌生人”这个诡异组合麻痹了我，在一秒之内，我就想象出电话那端的人由痛苦和屈辱生活导致的挫败的面庞。我给他设想了一个站在他四十二楼办公室窗边拿着无绳电话跟我平静交谈的画面，他此时已经下定决心：“再被该死地回绝一次就跳下去！”在一个人的生命和被每个月仅仅九块九毛九谢克尔的“气球雕塑：全家无限欢乐”电视频道节目套牢之间，我选择生命，至少在妻子和经济顾问礼貌地要求我停止这样做之前这样选。

从那时起，我发明出一套“外婆战术”——我召唤出一个女人，为她安排了好多虚构的葬礼，用来摆脱这些琐碎无聊的来电。但我既然已经因为卫星电视公司的德芙拉的关心而给自己挖了个坑并摔了进去，在接到她的来电时只好让肖莎娜外婆安息了。

“早上好，凯雷特先生，”德芙拉第二天来电时说道，“我希望这次的谈话时间比昨天合适。”

“我的脚现在出现了并发症，”我咕哝道，“不知怎么搞的，溃烂更厉害了。我正要去做截肢手术。”

“我只需要几分钟。”她不屈不挠地争取。

“我很抱歉，”我坚持道，“他们已经给我打了麻药，医生已经在示意我关手机。他说手机没经过消毒。”

“那我明天再打给您，”德芙拉说，“祝您手术成功。”

大多数电话推销员打了一次电话就放弃了。做电话民意调查的人和上网流量包销售员也许会再打一轮。但卫星电视公司的德芙拉是个异数。

“您好，凯雷特先生，”我接起电话、再次听到她的声音时，有点儿猝不及防，“您过得怎么样？”我想出答案之前，她继续道：“鉴于您目前的健康状况，您可能不得不待在家里，我想我可以向您介绍我们的‘极限运动’节目包。四个频道，涵盖世界上的各种极限运动，从爱尔兰‘矮人曲棍球世界冠军赛’到澳大利亚吃玻璃比赛，什么都有。”

“你是想找埃特加？”我悄声问。

“是的。”德芙拉说。

“他死了，”我顿了顿，继续压低嗓门说道，“真是个悲剧啊。一个实习医生在手术台上要了他的命。我们正在考虑诉讼。”

“那请问您是哪位？”德芙拉问。

“米歇尔，他弟弟，”我临场发挥，“但我现在不方便讲话，我正在参加葬礼。”

“我对您失去亲人深表遗憾，”德芙拉用颤抖的声息说，“我跟他没能讲上几句话，但他听上去是个很好的人。”

“谢谢，”我继续低语，“我真得挂电话了。轮到我致祷文了。”

“那当然，”德芙拉说，“我之后会再打电话过来。我想给您推荐一个可以抚慰情绪的电视节目包，那个节目包非常适合您。”

我们如何打仗

我昨天打电话给手机运营公司，吼了他们一顿。前天，我朋友告诉我他打电话去吼了他们一下，威胁说要换其他运营商，他们马上把资费下调到每月五十谢克尔。“你能相信吗？”我朋友兴奋地说，“打一通电话，发五分钟的飙，一年就能省六百谢克尔。”

接听我电话的客服代表名叫塔莉。她默默地听完我的抱怨和威胁后，用低沉的嗓音回答我：“告诉我，先生，您难道不为自己感到羞耻吗？我们正在打仗，同胞们正在被屠杀，导弹正不断落在海法和提比里亚，而您只想着您的五十谢克尔？”

有那么些东西让我感到些微不适。我立刻道歉，而崇高的塔莉也立即原谅了我。毕竟，在战争时期，对同一阵营中的同胞怀恨在心是不恰当的。

那天下午，我决定在一个顽固的出租车司机身上测试塔莉的话语是否有效，那个司机因为我没带安全座椅，拒绝载我和我襁褓中的儿子。

“告诉我，你对自己不感到羞耻吗？”我尽可能准确地引用塔莉的话，“我们正在打仗，人们正在被杀，导弹正落在提比里亚，而您只想着安全座椅？”

这番话在这儿同样生效，尴尬的出租车司机立刻道歉并让我上车。我们行驶在公路上时，他对我也是对自己说：“真的在打仗了，是吧？”在一次深长的呼吸之后，他又怀旧似的补充道：“和从前一样。”

这句“和从前一样”持续在我脑中回响，突然，我对这次与黎巴嫩的冲突有了全新的认识。我回想并试图复原我和焦虑的朋友们的谈话，那些谈话关于黎巴嫩、伊朗导弹、叙利亚的阴谋和黎巴嫩真主党领导人纳斯鲁拉有能力打击以色列境内包括特拉维夫在内的任何地方的假设。我想起，几乎每个人眼中都闪烁着一小团微光，一种下意识的释然。

我并不是说我们以色列人渴望战争或不幸，而是说我们的确渴望那位出租车司机所说的“从前的日子”。我们渴望一场真正的战争来代替所有那些令人精疲力竭的暴乱年月，那些岁月并非黑白分明而是一派灰色，在那些岁月里我们面对的不是武力而是一群穿着炸弹背心的坚决的年轻人，在那些岁月里英勇的品质不复存在，取而代之的是检查站前排长龙等待的人：临产妇女和在令人窒息的高温里受煎熬的老人。

突然，第一发导弹勾起我们对战争的熟悉感觉——

和袭击我们边界的敌人作战，一个真正的邪恶的敌人。又一次，我们对自己目标的正义性感到自信，再次闪电般迅速找回差点儿丧失殆尽的爱国主义情怀。又一次，我们成了被敌人包围、为生存战斗的弱小国家，而不是一个强大的、侵占别人领土的国家，天天被迫与平民过不去。

所以，怎么不能说我们都偷偷地感到一点儿释然呢？我们并不比其他任何人在解决道德模糊的问题上高明多少，但我们的确一向很清楚如何打赢一场战争。

第二年

你，真诚的

我还是个孩子时，总以为“希伯来读书周”是个法定假日，和独立日啦、逾越节啦、光明节[①]啦差不多。在读书周上，我们不用围坐在营火边，不用抽光明节陀螺或用塑料锤子敲其他人的头，也不用像在其他节日上那样，纪念历史性胜利或英勇歼敌事件。所以我非常喜欢读书周。

每年六月初，姐姐、哥哥和我在父母的陪伴下步行到拉马特甘的中心广场，那儿有几十张摆满书的桌子。我们每人可以选五本书。有时候，某一本书的作者会坐在桌边，往书上题写献词。我姐姐特别喜欢这一套。我个人觉得这事有点儿烦人。某个人写了这本书，不代表他有权利在我个人拥有的这一本上乱涂乱写——这个人的字如果像药剂师的字一样丑，还坚持使用一些生僻字眼，让人不得不去查字典，然后发现那堆字加起来全部

---

① 光明节，为纪念古代以色列人反抗希腊侵略者并取得胜利而设立的犹太宗教节日。节日期间，以色列所有高大建筑上都装上电灯烛台，到了晚上，万家灯火。

的意思不过是表达“愉快”，那就更不应该了。

许多年过去了，我已经不再是个孩子，但在读书周期间仍然感到同样的兴奋。不过现在的感受有了一点儿小小的不同，也有了更多的压力。

我在出书之前，只在买给熟人、作为礼物的书上题词。有一天，我忽然发觉自己正在为人们买给他们自己的书上签名，这些人我以前都不认识。对于一个完全陌生的人，这个人可能是连环杀手或“外邦公义者”，你能在他的书上写点儿什么呢？“致友情”，差不多是假话；“致以敬意”，站不住脚；“最美好的祝愿”，听上去太老气；“希望你喜欢我的书”，彻头彻尾的谄媚。所以，十八年前，在我第一次在读书周做签售的最后一晚，我发明了一种题词方式：虚构题词。书的内容是完全虚构的，题词为什么必须是真实的？

致丹尼，你在利塔尼河救了我。要不是你帮我绑上止血带，我已经没命了，也就不会有这本书。

致米奇，我挂了你妈妈打来的电话。你还有脸继续出现在这儿。

致西奈，我今天会晚点儿回家，不过我在冰箱里给你留了点霍伦特[①]。

致法伊格，我借给你的十镑钱[②]在哪儿？你说过两天就还的，但现在一个月都过去了。我希望你快点儿还我。

致提兹奇，我承认我做事一副屎样。但你姐姐既然能原谅我，你也能。

致艾弗拉姆，我不管检查结果如何。对我来说，你永远是我爸爸。

波什马特，你现在虽然跟另一个家伙在一块儿，但我们都知道，你最终会回到我身边。

回想起来，我因为最后那一条题词还挨过一记耳光，真希望自己当时没给那个高个子、留圆寸头、想买书送给女朋友的水兵写这些，但我仍然觉得，他可以用礼貌的言辞而不是暴力来表达不满。

不过我吸取了教训，尽管是惨痛的教训。从那以后，

---

① 文火炖牛肉，传统上是安息日餐。

② 此处指的是以色列镑，是发行于谢克尔和新谢克尔之前的以色列官方货币。

我每次在读书会上不管怎样恨不得在那些杜迪或施罗米的书上写虚构的题词，可一想到他们下次再见到我的笔迹是在律师函上，我还是深吸一口气，潦草涂上一笔“最美好的祝愿”了事。对脸来说，无聊比一拳重击要容易承受得多。

所以，那个高个儿家伙和波什马特如果读到这个，我希望他们知道我真心悔改了，知道我很想向他们表达迟到的歉意。还有，法伊格，你如果恰好读到这个，请别忘记，我还在等你还我那十镑钱。

在云端

几个月前，我打开生锈的信箱，发现一枚蓝白相间的信封，里面有一张压印了我的姓氏的金色塑料卡，在我的姓氏上面，是花体字样的“飞行常客俱乐部金卡”。我用伤感的手势给妻子看这张卡，希望这个来自客观外界的身价认定能够缓和她对我的严厉看法。但是，一点儿用也没有。

“我建议你不要让任何人看到这张卡。”她说。

“为什么？”我争辩道，“这张卡表明我是专属俱乐部的一员。”

“是呀，”她说道，一脸她特有的豺狼般的笑容，“那类没有自己生活的专属俱乐部会员。”

所以，好吧。在一个谨慎选择的、亲密的范围内，我愿意部分承认我的确没有自己的生活，至少从传统的、日常的意义上来说是这样。我在过去的一年内不止一次承认，我必须读着安然夹在敲满戳记的护照里的机票票根，才能发现自己到底去了哪个国家。我也承认，在这些通常持续十五小时的飞行后，我发现我为他们朗诵自己作品的一小群人，在听了我一个小时的演讲后，只会给我一些安慰性的鼓励，倾向于认为我的故事或许只在希伯来人中才有意义。不过我还是喜欢这样。我喜欢为人们朗诵：他们欣赏我的作品，我能看出来，而他们觉得受罪，我也能看出来。

事实是，我突然爆发出一种不可解释的真诚情感，愿意坦白：我也爱好飞行本身。不是飞行前的安检或是登机手续柜台前苦着脸向你解释飞机上唯一的空位在两个大腹便便的相扑力士之间的值机人员。我也并不热衷降落后在行李区的无尽等待或像用一只特别钝的茶勺在你的头盖骨上挖通一条穿越大西洋的隧道的时差反应。我爱的是飞行中的部分，你被关进飘浮于天堂与大地间的铁盒中的那部分。一个彻底与世隔绝的铁盒，里面没有真实的时间或季节，只是从起飞至降落间，一段恍然若真的地狱生活。

非常奇怪的是，对我来说，飞行不仅意味着吃航空公司语带嘲讽的文案所谓的“高海拔乐趣”的加热微波餐。那是一种冥想中的对世界的超脱。飞行是辽阔的时刻，那时手机不响，网络也不通。“飞行的时间只能被浪费”的格言把我从焦虑和负罪感中解放出来，飞行时间剥去了我所有的野心，给另一种不同的存在留下了空间。一种欢乐的、傻瓜般的存在，不再尝试充分利用时间，满足地发现浪费时间是度过时间最惬意的方式。

处于起飞和着陆之间的“我”和平常的我完全不同：飞行中的“我”对番茄汁上瘾，而当我双脚踏上大地时，碰都不想碰这饮料。在空中，“我”热切地看着痔疮般大小的屏幕中乏味的好莱坞喜剧，或深入钻研放在我座位前口袋里的产品目录，好像那是一本全新修订版《旧约全书》。

我不知道你有没有听说过由美国国家航空航天局研究出来的一种由抗锈金属纤维材料做的钱包，据说在我们的星球毁灭之后很久，这种钱包里面的单据依然完好无损。还有一种可以吸走异味并隐藏于植物间的猫厕，能让你的猫在如厕时有充分的隐私又不会给主人及其客人造成不快。还有一种微处理器控制的附着了抗菌银离子的防腐装置，可用于你受感染的身体组织，预防疮口溃烂。我不仅听说过所有这些发明，还可以回忆并引用每一种产品的确切说明，说出每种产品的颜色，就好像这些产品说明是传道书中的诗篇。可这些产品的厂家都没有送我免费金卡。

我写下这些东西时，正在从特拉维夫去苏黎世的航班上，我的最终目的地是曼谷。我这次的写作速度比较异常，我再写几行字完篇后，就会有很多时间舒服地坐在位子上浏览航空杂志，研究瑞士航空很快将会覆盖哪些新地方。随后也许还能瞄一眼电影《弱点》的最后十五分钟，或到机尾的厕所冒险交些朋友。我还有一小时十四分钟才降落，我想充分利用这段时间。

陌生好伙伴

在印度餐厅里，那个坐在我旁边包厢、戴着奇怪帽子的瑞士小伙正拼命出汗。我不能责备他。我也出了相当多的汗，而我本应习惯这样的气温。但巴厘岛不是特拉维夫。这儿的空气实在太潮湿，你似乎都可以把它喝下去。瑞士小伙告诉我他正在待业中，因而有了时间旅行。不久之前，他还在南太平洋新喀里多尼亚群岛管理一个度假酒店，但被解雇了。那是个很长的故事，他说，但他很高兴把来龙去脉告诉我。他整晚都在寻找一个土耳其作家，那个女作家一个小时前跟他说要去下洗手间，但直到现在都没有回来。他说他已经喝太多了，如果试图站起来，或许会滚下楼梯。所以他最好坐在原地不动，再点杯冰镇伏特加，跟我讲讲他的故事。

他觉得在新喀里多尼亚群岛管理一个度假村很酷。他去了之后，发现那地方又狭小又简陋，才觉得待在那儿一点儿都不酷。房间里的空调是坏的，附近山上有捣乱分子。他们往往不是为了惹怒谁，而是出于一些难以解释的原因——可能是无聊，喜欢惊吓外出散步的酒店客人。清洁女工直截了当地拒绝靠近酒店里任何有工业用洗衣机的地方，号称那里会闹鬼。她们坚持在河水里洗床单。简而言之，酒店跟它在宣传手册里的样子一点儿都不像。

他工作一个月后，来了一对富有的美国夫妇。他们走进酒店狭小大堂的那一瞬间，他就感觉他们很难搞。他们看上去是典型的难以取悦的顾客，那种会到前台抱怨游泳池水温的人。

瑞士小伙坐在前台后面，给自己倒了杯威士忌，然后等着那对夫妇打电话来发飙。不到十五分钟，电话就来了。“浴室里有只蜥蜴。”嘶哑的声音咆哮道。“岛上有好多蜥蜴，”瑞士小伙礼貌地回答，“这是我们的特色之一。”

“你们这儿的特色？”美国人号叫道，“你们这儿的特色？我太太和我可没觉出这算什么特色。我要求马上来人把蜥蜴从我们的房间里弄出去，你听明白了吗？”

“先生，”瑞士小伙说，“光把那只蜥蜴弄出去解决不了问题。这地方到处都是蜥蜴。明天早上，您很可能又会发现有几只蜥蜴进了您的房间，甚至可能上了您的床。但其实没那么糟糕，因为——”

瑞士小伙没能把话说完，因为那美国人已经砰的一声挂了电话。这就来了，瑞士小伙想道，猛的一口灌下杯子里剩余的威士忌。过一会儿，他们就要来前台对他大吼大叫了。要是运气不好，他们说不定还认识旅游系统的哪个高层，那他就有得忙了。

他疲倦地从前台后面站起来，决定采取点儿行动。他应该找瓶香槟，亲自给他们送去。他应该像学校里教的那样拍拍他们的马屁，把自己从麻烦中解脱出来。这不太有趣，却是正确的应对方式。他在去那对美国人房间的路上，看见他们开车朝他驶来。车子突突地开过他身边，几乎要从他身上碾过去，然后径直开上主路。他试图挥手表示告别，但车子没有减速。

他去了他们的房间。他们没关房门就走了。他们的行李已经不见了。他打开浴室门，看着那只蜥蜴，蜥蜴也看着他。他们对视了几秒钟。它大概五英尺长，还有爪子。他曾经在自然纪录片里看到过那样的蜥蜴，不太记得解说人是怎么介绍它们的，只记得它们是非常吓人、令人恶心的生物。现在他理解那对美国人为什么如此避之唯恐不及了。

“故事到这儿就要结束了。”瑞士小伙说道。那对美国人真的写了投诉信，一周以后，他被解雇了。从那时到现在，他一直在旅行。十一月，他会回瑞士，看看能否在他兄弟的公司里谋个职位。

我问他是否想过这个故事有什么寓意，他说肯定有寓意，只是他还没想明白到底是什么寓意。“也许，”他短暂停顿后说，“寓意是：这个世界上到处都是蜥蜴，我们对此无能为力，但总该试着去看看它们到底有多大。”

瑞士小伙问我从哪里来。以色列，我告诉他，我在这儿的文学节上过得如在地狱般糟糕。父母不希望我来，他们害怕我会在这儿被绑架或被杀。我给他们发了个维基百科的链接，安抚他们，但这么做没用。父亲坚持说，往我的脑袋上崩颗枪子又不需要投票获得多数人同意。

拿签证的过程烦不胜烦——我在曼谷等了五天。文学节的负责人如果没能在“脸书”上找到印度尼西亚外务省高官的页面，并加他为好友，我说不定只能返回以色列。我告诉瑞士小伙子，我过一会儿要去巴厘岛皇宫，在行政长官和皇族代表面前公开朗诵。他那时如果能站起来，也可以去。瑞士小伙很喜欢这个主意，我不得不帮助他站起来。迈开第一步后，他发现可以自己走路。

超过五百人参加了那个活动。行政长官和皇族代表坐在第一排。我朗诵时，他们看着我。我不能完全读懂他们的表情，但他们看上去都十分专注。我是第一个去巴厘岛的以色列作家。我可能也是很多听众见过的第一个以色列人，乃至第一个犹太人。他们看着我时看见了什么？可能是一只蜥蜴。我根据他们脸上慢慢洋溢开的笑容觉得，这蜥蜴比他们以为的要小得多，也友好得多。

人民守卫者

没什么事比在东欧待几天更能让你意识到自己的犹太身份。在以色列，你可以穿着无袖T恤在烈日下四处游荡一整天，感觉自己跟非犹太人没什么两样：发会儿呆，看场戏，读本布尔加科夫的好书，来杯爱尔兰威士忌。但在波兰机场，他们在你的护照上盖章时，你开始感觉不同了。你也许仍然能品尝到特拉维夫的生活风味，在航站楼的到达大厅里，上帝也并未在头顶微弱的荧光灯的闪光中向你显现，但是哪儿都有的那股猪肉味儿，让你渐渐觉得自己有点儿像个改宗者。突然，你被离散犹太人包围了。

自你在以色列出生起，他们就教你，过去几个世纪里，在欧洲只有接连不断的迫害和屠杀。尽管人有常识，但这种教育仍在你的脏腑里激起怨愤，腐烂化脓。这是一种很不愉快的感受，不知怎的总会在现实中再度泛起。我回忆起上周在东欧的旅行，实在想不起什么大事——没有哥萨克强暴你的母亲或姐妹，但街上似乎就是有某种恶意：可能是快要坍塌的墙上的大卫之星涂鸦或模糊不清的标语，或是正对你窗户的教堂十字架的反光，或是一群德国游客针对波兰多雾的乡村的观点一致的谈话。

问题来了：这是真的，还是恐惧症？这些“半反犹主义”事件的存在是不是一种心理暗示？我妻子坚信我在甄别纳粹气息方面有超能力。我们不管在哪儿——墨尔本、柏林或萨格勒布[①]，我都能在十分钟之内发觉那地方的纳粹气息。

我以作家身份第一次去德国，大概是在十五年前。当地的出版商邀请我去一家非常棒的巴伐利亚餐厅（我承认这听上去像矛盾修辞法）吃饭。才刚上主菜，一个六十岁左右、高大魁梧的德国人走进来，很大声地说话。他的脸很红，看上去喝醉了。我从他喷向空中的含混德语里，只听出两个不断重复的词：“犹太人滚出去。”[②]我走到那家伙跟前，以平静的语调用英语说：“我是犹太人。你想让我从这儿出去？来呀，你试试看，把我弄出去。”那个德国人一点儿不懂英语，继续用德语叫嚣，于是我们立刻推搡起来。我的出版商劝架，让我回去坐下。“你不知道他在说什么。”他试图解释。但我坚持己见。我觉得自己理解得一点儿也没错。作为纳粹大屠杀幸存者的第二代，我觉得自己比餐厅里任何一个平静的顾客

① 克罗地亚首都。

② 原文为两个德语单词。

更明白正在发生什么事。侍者找了个机会，把我们分开，那醉汉被扔了出去。我回到桌边。我的食物都冷了，但我反正也不饿了。我们等待结账时，我的出版商用低沉、平静的声音解释道，那个疯狂的醉鬼是在抱怨一个食客的车挡了他的车。我觉得是“犹太人滚出去”的“Juden raus”，实际上是“jeden raus”，大致可以翻译成“外面旁边”。账单来了之后，我坚持要付账。可以的话，这算是给已经变样的德国的赔款。我又能怎样呢？但时至今日，任何德语词汇依然让我警觉。

不过常言道：“防不胜防。”在过去二十年里，我一直在周游世界，多次遭遇确定无疑、不可能是我听错了的反犹经历。

比如，曾有个匈牙利家伙，在我于布达佩斯图书馆做讲座后，跟我在当地一家酒吧里碰上，坚持要给我看他背上巨大的德国鹰文身。他说他祖父在大屠杀中杀死过三百个犹太人，而他本人希望有一天能做出类似的成绩，向人吹嘘。

在一个宁静的东德小镇，一个两小时前看了我小说的喝醉了的演员向我解释，反犹主义确实很可怕，不过你也不能否认，纵观历史，犹太人令人不可忍受的举止为反犹主义煽了风点了火。

一个法国酒店职员告诉我和阿拉伯裔以色列作家萨

伊德·卡书亚，他如果能够做主，这个酒店会拒绝接待犹太人。在那个夜晚余下的时间里，我一直听到萨伊德咕哝，他们的地方在被犹太复国军占领了四十二年后，他还不得不忍受被视作犹太人并遭到侮辱。

还有，仅仅一个星期前，在波兰的一个文学节上，有个听众问我是否为自己是个犹太人感到羞耻。我给了他一个符合逻辑的、不带一丝感情色彩的、理由充分的回答。那个听众认真地听完，鼓起掌来。但是，之后在酒店房间里，我久久难以入睡。

再没有什么比吹几天心旷神怡的十一月非洲热风更能让人把犹太人问题抛诸脑后。中东直射的阳光将离散犹太人的痕迹从你身上燃烧殆尽。我最要好的朋友乌兹和我坐在特拉维夫的戈登海滩上。坐在他身边的是克里斯塔和雷娜。“别告诉我，”他边说边试图以毫不成功的心灵感应来遮掩皮肤上胀开的角质，“你们都来自瑞典。”

“不是，”雷娜笑道，“我们来自杜塞尔多夫。德国。你们知道德国吗？”

“当然，”乌兹起劲地点头，“发电厂乐团，摩登淘金组合，尼采，宝马，拜仁慕尼黑……”他绞尽脑汁搜索与德国相关的事物，但无济于事。“嗨，兄弟，”他对我说，“我们送你去大学那么些年是为了啥？快来给咱们的对话添点儿料嘛。”

梦之安魂曲

一切始于一个梦。我生活中的很多困扰来自于一个梦。在这个梦里，我在一个奇怪城市的火车站里，站在一个热狗摊后面。一群不耐烦的乘客挤在热狗摊周围。他们都神经兮兮，一副不耐烦的样子。他们都非常想吃热狗，但又怕误了火车。他们用听上去吓人的混合了德语和日语的奇怪语言叫嚣着，跟我点单。我用同一种奇怪的难懂的语言回应他们。他们试图让我加快速度，我尽力达到他们要求的速度。我的衬衫上溅满芥末酱、泡菜和德国酸菜，仅剩的不多的白色反倒像是污渍。我努力专心于面包胚，但实在不能不在意那些愤怒的暴民。他们用食肉动物般饥渴贪婪的眼睛瞪着我。那难以理解的语言发出的点单要求听上去越来越具有威胁意味。我的双手开始颤抖。咸咸的汗珠从我的额头掉落在热狗的厚面包片上。紧接着，我醒了。

我第一次做这个梦是在五年前。午夜时分，我浑身汗湿，起了床，给自己倒了杯冰茶，看了一会儿美剧《火线重案组》。我并不是说自己以前没做过噩梦，我的意思是，这个梦毫不客气地随意出入我的潜意识，我知道自己有问题了——冰茶和《火线重案组》这一抗噩梦必胜组合都解决不了的问题。

乌兹，一个知名释梦迷和热狗迷，不假思索地解释出这个梦的意义。“你是犹太大屠杀受害者第二代，”他说，“你的父母一夜之间被迫离开他们的国家、家园和一直生长的社会环境。那种来自你父母的令他们不安的经历，也使你的意识困扰不安，这就是你焦虑的起源。在这个起源之上，是我们生活的中东的动荡现实以及你初为人父这件事。把这些因素放在一起，你能得出什么结论？这是一个包含了你各种恐惧的梦：担心被连根拔起，送去一个陌生的异国世界；担心被迫去从事一些你不熟悉也无法胜任的工作。这就是你的梦的含义。”

“听着很有道理，”我告诉乌兹，“我怎么做才能确保不再做这个噩梦——去看心理医生？”

“看心理医生对你根本没用，”他说，“医生会告诉你什么？告诉你你父母实际上没有被纳粹迫害，以色列不可能被毁灭，你不会沦为逃难之人？告诉你你身体的协调性很差，但可以胜任卖热狗的工作？你不需要心理诊疗室里的谎言。你需要一个真正的解决办法：一笔在外国银行账户里的储备金。每个人都在准备这个。我刚在报纸上读到，外国账户、外国护照、四轮驱动器是今年夏天的三大流行时尚。”

“这些东西有用吗？”我问。

“这些东西就像咒语，”乌兹承诺道，“对梦和现实都有帮助。不是说它们能保你不成为难民什么的，但至少能保证你会成为一个有存款的难民。那种难民即使沦落到只能在日本、德国的火车站卖热狗，也有足够的现金雇另一个运气更差的难民站在那儿往热狗里加酸菜。”

起初，利用其他难民这个主意不太吸引我，但是我又夜访了好几次热狗摊之后，决定筹备一下。我在互联网上找到一个很不错的澳大利亚银行的网站，网站上的宣传视频不仅展示了令人窒息的美景，还有一个笑容满面的讲解者，那个讲解者看上去像是茱莉亚·罗伯茨更漂亮的妹妹，怂恿我把钱存到他们家银行。

乌兹立即否定了这家银行。“澳大利亚十年以后都未必还存在。即使臭氧层空洞没落到他们头上，中国人也会收购他们。这是板上钉钉的事。我堂哥在摩萨德的太平洋事务部工作。钱得存在欧洲，除俄罗斯或瑞士以外的任何一个国家。”

“那两个国家出了什么问题？”

“俄罗斯经济不稳定，”乌兹解释道，一边大咬一口法拉费[①]，“至于瑞士人……怎么说呢……我不太喜欢他

---

① 中东特色小吃，用鹰嘴豆泥制成的炸丸子，常放进面饼里吃。

们。他们都冷冰冰的，你懂我的意思吧。”

我最终在海峡群岛[①]找到一家靠谱的银行。我在物色银行之前，都不知道英吉利海峡上有群岛。这挺好的，即使发生世界大战这样糟糕的情况，那些妄图征服全世界的坏家伙也不会发觉那儿有群岛，就算整个地球都被占领，我的银行仍然不受控制。同意我把钱存入他们银行的家伙叫杰弗里，但他坚持让我叫他杰夫。一年后，他被一个叫约翰或乔的人替代，在那以后，又是个非常友好的叫杰克的新人。所有这些人都很客气、礼貌，他们谈到我的股票、债券及其未来的安全性时，都准确地使用了现在完成时，这是我和乌兹从来都没法自如运用的时态。我更加安心了。

在我身边，在中东，小小的口角变得一发不可收拾。黎巴嫩真主党的火箭炮袭击着海法，哈马斯的火箭抽打着阿什杜德[②]的建筑。爆炸声震耳欲聋，但我睡得像个婴儿。我不是说自己不做梦。我梦见了银行承诺我的流水环绕、田园牧歌般的生活，叫杰弗里或约翰或杰克的人替我撑着贡多拉。坐在贡多拉上望见的景色耀眼夺目，飞鱼随着我们游弋，发出类似席琳·迪翁的人声，向我吟唱我的投资组合每时每刻都在增值的壮美图景。根据

---

① 位于英吉利海峡中南部的群岛，靠近法国的诺曼底，是英国的属地。

② 以色列西南部城市，在古阿什杜德所在地附近。

乌兹的 Excel 图表，这笔钱最终能增值到足够我开两个热狗摊。我如果更喜欢书报亭，这笔钱足够我开个有顶棚的书报亭。

二〇〇八年十月，我梦中的鱼儿停止吟唱。股市崩盘之后，我打电话给杰森，他顶替了上一个名字以 J 打头的理财顾问，我问他是否觉得我应该抛售股票。他说我最好还是再等等。我记不清他到底是怎么说的，只记得他和之前姓名以 J 开头的人一样，非常准确地运用了现在完成时。两周之后，我的钱又缩水百分之三十。在我的梦里，银行还是那个银行，但贡多拉翻了，而那些飞鱼连哪怕一丁点儿友好的态度都没了，也开始用我熟悉的混杂着日语和德语的语言跟我说话。我很想，但已经没有经济能力用热狗贿赂它们了。乌兹的 Excel 表格清楚无疑地显示，我已经没有足够的钱开热狗摊。我不停地给银行打电话。在最初的几通电话里，杰森听上去挺乐观的。随后他防备起来，从某种角度说，就是赤裸裸的冷漠。我问他是否仍在关注我的投资并试图保住一点儿剩下的资金时，他解释起银行政策：预防性管理的投资组合金额是一百万美元或以上。我马上明白我们不会再同乘一条贡多拉旅行了。

“想想好的一面，”乌兹说，指指报纸金融版上一个面容友善的人，“你至少没把钱投给麦道夫。”乌兹毫发未伤地渡过了危机——他把所有的钱赌在印度的小麦收成或安哥拉的武器或中国的疫苗上了。在这次谈话前，我对麦道夫一无所知，而我现在对伯尼和鲁斯[①]了如指掌。回头想想，我和伯尼在诈骗这一点上有所不同，但有很多其他共同点：焦躁不安的喜欢编造故事的犹太人，在一艘底部有洞的贡多拉上相伴航行了好几年。几年前，他是不是也梦见自己在火车站前卖热狗？他也许也有些乌兹这样的知心朋友，一刻不停地给他狗屁忠告？

电视新闻上的家伙刚才发布警报，我们国家中部地区进入戒严状态，几条高速公路上设置了路障。据传有一名士兵被劫持。我在回家的路上给列维买了包尿布，在音像店停了一下，买了几集《火线重案组》。只是为了以防万一。

---

① 指伯尼·麦道夫和他的妻子鲁斯·麦道夫。伯尼·麦道夫是美国历史上最大诈骗案的制造者，这位商业神童、华尔街金融巨鳄以令人不可思议的方式骗取大量钱财，制造了美国史上最大的"庞氏骗局"。

目光长远

声音悦耳的机长又一次在广播中道歉。飞机原定两小时前降落，但我们现在尚未起飞。“维护人员尚未确定飞机出了什么故障，所以我们需要请乘客们下飞机。我们一有消息会尽快通知您。”

我身边一个骨瘦如柴的年轻人说道：“是我。我搞的鬼。我们上飞机时，我用手机打电话给我老婆，记得吗？她告诉我她正带着女儿和小婴儿在去海滩的路上。我坐在这儿扣安全带，心里想道，我他妈干吗去意大利？我为什么转一次机，飞六小时，去开我老板说的很重要的个把钟头的会，而不是跟妻子和两个女儿一起度周六？我巴不得飞机坏掉。我发誓，我就是这么想的。我巴不得飞机坏掉，看看接着会发生什么事。”

我们回到候机楼，一个穿着花裙子、拖着个棺材大小手提箱的魁梧女人走到那个瘦小伙身边，问他我们从哪儿来。“谁关心我们从哪儿来，”他朝我使眼色，“重要的是我们去哪儿。”

几个小时后，我在前往西西里岛的途中，将登上又小又挤、带我前往罗马的备用飞机。我穿过过道时会注意到，那瘦小伙不在了。在整个飞行过程中，我都将想象他在特拉维夫和妻子女儿一起筑造沙堡的图景。我会嫉妒他的。

我也有个妻子和年幼的小儿子在特拉维夫等着我。一开始，这次旅行也让我感到很烦恼，航班每延迟一分钟，旅行就让人越来越难受。周六晚上，我应该在西西里岛的陶尔米纳小镇出席一个小型文学节。主办方邀请我时，我答应了，因为我想我可以带上家人，但几周之前，我太太发现她要完成之前已承诺的一项工作，而我已经答应出席文学节。这次行程按计划是一周，最终缩减到两天，而现在看来，因为一个骨瘦如柴、想要跟孩子玩沙子的年轻人的超能力，两天行程中的一半又要浪费在机场里了。

因为航班延误，我错过了从罗马去西西里岛卡塔尼亚的转机航班。我终于到达西西里岛时，接下来去陶尔米纳又是一段漫长跋涉，到达酒店时天都黑了。一个留小胡子的前台接待员给了我房间的钥匙。大堂的小沙发上躺着一个熟睡的可爱小男孩，大概七岁，看上去像极了前台接待员，就是少了小胡子。我一件衣服都没脱就爬上床睡着了。

夜晚在黑沉、无梦、寂静的一瞬间度过，但早晨是悠长的。我打开窗，觉得自己就像在梦中：沙滩上的美妙景致和石头房子在我眼前展开。一场漫长的步行和夹杂着许多次热情挥手的憋脚英语对话，增强了这地方的不真实感。但我对这片海很熟悉：这是与离我特拉维夫的家五分钟步行距离的同一片地中海，但这儿的居民洋溢着的和平与宁静的气息，是我以前从未遇见过的。同一片海，却没有我惯常见到的高悬于头顶的令人惊恐的、毁灭性的黑色云朵。也许这就是西蒙·佩雷斯[①]谈到“新中东”时所说的“回到纯真年代”的意思。

这是陶尔米纳的第一个文学节。主办方的工作人员非常好，气氛也很轻松。整个活动什么都有，除了听众。我没有评判小城居民的意思：你身处这天堂之境的中心地带，在一个炎热的七月中旬，是愿意待在世界上最美丽的海滩上呢，还是愿意在一个备受蚊子骚扰的公共花园里，听一个发型狂野、操一口古怪英语的作家发表无聊的讲话？

在陶尔米纳的和谐氛围里，只有寥寥听众也不能算失败。我想，这些和气的人，说着如此可爱、悦耳的意大利语，居住在绝美的环境里，也许肿瘍和瘟疫都会带着理解的微笑接受自己的失败吧。活动结束后，温和的

---

① 西蒙·佩雷斯（1923—2016），以色列前总理，获得1994年诺贝尔和平奖。

英语翻译指着黑沉沉的海告诉我，白天，从这儿可以看到意大利大陆。“你看到那些灯光了吗？”他问，指着那些闪烁的清晰光点，“那是勒佐卡拉布里亚，意大利大陆最南端的城市。”

我还是个孩子时，父母常常给我讲睡前故事。在“二战”期间，因为没有书，他们的父母从不给他们讲书上的故事，而是全靠自己编故事。等到他们自己做了父母，也继承了这个传统。我在很小的时候，有一种特殊的骄傲，因为我每晚听到的睡前故事是在任何一家书店都买不到的，它们只属于我一个人。我母亲的故事总是关于矮人和小仙子，而我父亲的故事则与他一九四六年到一九四八年间在意大利南部的经历有关。

他在“伊尔贡”[①]的同伙想要他为他们买武器。我父亲问了一圈，托了些关系之后，发觉自己来到了意大利最南端，可以看见西西里海岸的地方——勒佐卡拉布里亚。他在这儿和当地黑手党接触，最终说服他们卖了来复枪给他，用来让“伊尔贡”打击英国。他没钱租公寓，当地黑手党让他免费住在他们拥有的妓院里。那段时光似乎是他一生中最美好的日子。

我父亲睡前故事中的主人公总是醉汉和妓女，我还

---

① 希伯来语，意为“国家军事组织”。

是个孩子时，非常热爱这些人物。我还不太清楚醉汉和妓女到底是什么样的人，但确实感到了故事的魔力，我父亲的睡前故事里充满魔力与怜悯。如今，四十年过去了，我在这儿，离我童年时的故事不远。我试图想象父亲在战后来到这儿，那年他十九岁，这个地方尽管满是麻烦和阴暗的小巷，却洋溢着一种平和宁静的感觉。他在战争期间目睹了恐怖与残酷，很容易想象自己新认识的黑社会朋友必然是欢乐的，甚至富有同情心。他走在街道上，一张张微笑的脸用悦耳的意大利语向他问好，而他成年以来第一次，不用害怕地掩藏他是犹太人这一事实。

几年前，我试图回忆父亲告诉我的那些睡前故事，意识到扣人心弦的情节之下蕴含着某些道理。濒临绝望的人类需要在最不可能的地方找到美好。不试图美化现实，而是坚持寻找一个会将丑陋置于更明亮光线下的天使，这个天使会为那张疤痕累累的面孔上的每一个疣子、每一条皱纹创造出喜爱与同情之心。在这儿，西西里，在我父亲离开它六十三年后，面对几十双注视的眼睛和许多空着的塑料椅，这样的天使比以往任何时候都更有可能被找到。

第三年

火柴梗战争

上个月，加沙战争开始后，我发觉自己有了很多空闲时间。我教书的大学在贝尔谢巴，在哈马斯导弹的射程之内，必须关闭。不过几周之后，大学复课，于是我又要每天乘坐耗时一个半小时、从特拉维夫去贝尔谢巴的火车。半数学生不在学校——尤其是从以色列中部来的学生——不过另外半数住在贝尔谢巴本地的学生出现了。炸弹曾经随时随地都可能落到他们头上，而学生们根据经验获得了智慧：大学教室比宿舍和定居点住房更安全。

我在咖啡厅里喝咖啡时，外面的防空洞警报鸣声大作。没时间去可靠的掩蔽所了，所以我和其他一些人跑进附近一座墙体厚实、窗玻璃几乎碎光的学校建筑里。在我周围是一些受了惊吓的学生，以及一个板着脸继续一口口嚼三明治、好像什么事都没发生的授课老师。几个学生说他们听到远处有爆炸声，所以也许可以安全离开了，而那个老师嘴里塞得满满的，指出他们有时不止发射一枚导弹，所以我们最好再等一会儿。我在等待时认出那位老师是科比，我的拉马特甘[①]童年生活中一个疯狂的孩子，他因为太喜欢五年级而在那个年级待了两年。

科比四十二岁了，看起来几乎没变。我不是说他看上去特别年轻，而是说，他当年在小学里，看上去已接近中年：毛发厚重的脖子，强有力的身躯，高高的前额，笑起来表情坚毅，一个已经领教这个愚蠢世界一二的苍老的孩子。现在回想起来，学校里的孩子们说他那时已经开始刮胡子可能并非恶意诽谤。

“你过得如何？”科比拥抱我说，“你没怎么变。”他为了表达准确，又补充道：“连身高都和小学时一样。”

科比和我叙了下旧，过了一会儿，我们周围的人觉得外面足够安全，可以离开掩蔽所，就都走了。“火箭带来好运气，”科比说，“想一想，如果不是这枚卡萨火箭，我们可能就擦肩而过、不会相遇了。”

科比说他不住在附近。他来是为了感受一下气氛。贝尔谢巴现在在火箭的射程之内，房地产事业有了极大变化。土地价格会跌，国家会放松建筑许可。短期内，出牌正确的企业家能发现巨大商机。

我们上一次见面是在二十年前。那时也有导弹，萨达姆·侯赛因的飞毛腿导弹如雨点般砸向拉马特甘。科

① 以色列特拉维夫地区的一个城市。

比那时仍住在家里。我回到固执的双亲身边，他们拒绝离开拉马特甘。科比把我们的朋友乌兹和我带去他父母的公寓，向我们展示他所谓的“兵器与火柴梗博物馆”的东西。他童年时代卧室的墙上，挂着一堆令人印象深刻的武器装备：剑、手枪，还有连枷棍。武器下面，摆着他用火柴梗做出来的一尊很大的埃菲尔铁塔和一把与实物等大的吉他。他向我们解释，博物馆原本只收藏武器，但他由于为了增加藏品去偷手榴弹被判了刑，利用八个月的服刑期制作了这个埃菲尔铁塔和这把吉他，并把它们加入藏品之列。

在那些日子里，他特别担心伊拉克的导弹会击碎他利用牢狱生涯大部分时间制作出来的埃菲尔铁塔。如今，他的火柴梗藏品还在他父母那儿，但拉马特甘已经不在导弹和火箭的有效射程之内。“火柴梗埃菲尔铁塔完工以后，”科比说，“我这二十年来的境况明显改善了。但我不确定剩下的日子会不会继续变好。”

在离开贝尔谢巴的火车上，我读着某个人之前留在座位上的一张报纸。上面有一条关于加沙动物园的狮子和鸵鸟的报道。它们饱受炸弹爆炸之苦，从战争开始就再也没有被规律地喂过食。一位旅长在一次特别行动中想救出其中一只特别的狮子，并把它转移到以色列。其他动物只能自己照顾自己了。另一条篇幅小一点儿的报道配了张图，说死于加沙轰炸中的孩子到目前为止已超过三百人。就跟动物园里的鸵鸟一样，余下的孩子也只能自己照顾自己了。从火柴梗埃菲尔铁塔这个层面来讲，我们的境况确实改善得都认不出来了。而从其余的人和动物的角度来看，比如从科比的角度，我对我们的境遇是否改善就表示怀疑了。

瑞典人想多了

我上周去参加瑞典哥本哈根文学节，一下车就觉得压力重重。在我来到这座宁静的、号称北欧最大游乐园的城市几周前，一家当地小报发表了一则报道，指控以色列从被以色列国防军杀死的巴勒斯坦人身上盗走器官。故事将未经证实的据称为上世纪九十年代初以色列军队所为的事情，与二〇〇九年新泽西一个拉比被指控贩卖人体器官的事情联系在一起，成功制造了一个令人印象深刻的逻辑上的巨大跳跃，好像十年间隔和千里之遥是几乎不值一提的小细节。文章里唯一没有提到的是，用基督教孩子的血做犹太逾越节薄饼的食谱。

这则荒谬的报道引来以色列政府同样荒谬的回应：要求瑞典首相为这则报道道歉。瑞典人当然拒绝，宣称这是出版自由，即使在这起特殊事件中，也不能对出版提出过高的要求。以色列随后快速做出回应，使出为这个级别的冲突储备的非常规武器：抵制宜家。在这场反应过度的政治风暴中，你会觉得自己是在和一群感谢你慷慨分享故事的礼貌的瑞典读者一起欢度犹太新年，但他们留了个心眼，确保你在给他们的书签名时，不会趁机偷走一两个肾。

不过我的瑞典之行真正戏剧性的场景始于我发觉自己也许无法在犹太赎罪日之前回去。过去几年中，当我在以色列以外的地方度过某些节日时，我总是对身边的人摆出自怜和幽怨的表情，但我必须承认，独立日没有空军在头顶进行空演，或五旬节前夜不用面对因为我拒绝他们的节日聚餐邀请而觉得受辱的叔叔婶婶，令我在某种程度上感到解脱。但我总是想尽一切办法在以色列过赎罪日。这些年，这辈子，都是如此。

在我的回程航班问题解决后的那天晚上——多亏我东道主精明的旅游代理的帮助——我邀请所有人在瑞典当地一家出于某种原因叫“克拉科夫”的饭店庆祝胜利，那家店因种类繁多的捷克啤酒而闻名。“既然现在事情都解决了，你也许可以跟我们解释一下，这节日为何如此特别。”我年轻的瑞典出版商问道。随后，我带着满满一肚子冰冷的土豆色拉和生啤，试图向这些半醉的瑞典文人解释赎罪日是什么。

瑞典人听着，还入了迷。一整天，城里没有机动车行驶，人们出门不带钱包，所有商店都关门，没有电视节目，网站停止更新，这种日子在他们听起来更像是娜欧米·克莱因[①]的创新概念，而不是一个古老的犹太节日。在那一天，你还应该请求他人谅解，做道德盘点，这一点带着些令人愉悦的二十世纪六十年代嬉皮士风格，升华了这个节日的反消费主义。而禁食听上去有点儿像他们那天早晨跟我聊天时大肆推崇的时尚低碳水化合物饮食的极致版本。所以，那天晚上，我试着用拙劣的英语解释希伯来的古老仪式时，发觉自己像在为宇宙间最酷、最受追捧的节日做公关。赎罪日成了苹果手机般的存在。

因为这个节日，惊讶的瑞典人深深嫉妒起生来就信仰如此奇妙宗教的我。他们的眼睛环视饭店，看着顾客们，好像在寻找犹太教割礼执行人，希望挨一刀，然后入教。

二十六个小时后，我和妻子漫步在特拉维夫最热闹大街的中央车道上，我们年幼的儿子骑着带辅助轮的自行车跟在我们身后。在我们头顶，鸟儿啁啾它们的晨曲。我成年后的整个生活都在这条街上，但我只在赎罪日的早晨能听见鸟鸣。

“爸爸，”我儿子踩着踏板，气喘吁吁地问，“明天也

---

① 娜欧米·克莱因（1970—　），加拿大记者、作家和社会活动家。她以从政治经济方面对全球化进行批判而著名。克莱因在2005年全球最具影响力知识分子投票中名列第11，是排名最高的女性。

是赎罪日，对吧？”

“不，儿子，”我说，“明天就恢复正常了。”

他的眼里涌出泪水。

我站在大街中央看着孩子哭。

“快点儿，”妻子对我低语，“快说点儿什么安慰他一下。”

“亲爱的，没什么好说的，”我低声回答她，“孩子是对的。”

操场败北

我不想吹牛，但本人确实在带孩子去伊齐基尔公园（那是我儿子在特拉维夫最喜欢的地方）的家长们的心目中拥有一个特别的，某种程度上可以说是神话般的地位。我不能把这特别的成就归因于我可能拥有的势不可挡的魅力，而更应该将其归因于我两个普通的、不起眼的品质：我是个男人，我几乎不工作。因而，在伊齐基尔公园，我被取了个“哈爸”的绰号，也被称为“那位父亲”，一个被公园里所有常客怀着极度尊敬、拖着长音招呼的、近乎虔诚而又略带异族感的昵称。我所在社区里的绝大部分父亲每天早晨都去工作，而我天生的困扰我多年的懒惰秉性，最终被解释成特殊的敏感与慈爱，显示出对孩子们年幼稚嫩心灵真正的理解。

作为“那位父亲”，我可以积极参与很多话题，这些话题我是最近才熟悉起来的。我知识面广到可以从护理啊、吸奶器啊，谈到布尿布相对于同类型的一次性纸尿布的优点。谈论这些话题几乎令我意想不到的舒心。对于一个把他的短暂存活看作不同寻常而绝非琐碎无聊、每日收到的谷歌快讯内容局限于“伊朗核武器发展”和“犹太人+种族灭绝”这样狭窄范围里的过度紧张的犹太人来说，没有什么比安静地聊几个小时用有机肥皂消毒的奶瓶和婴儿屁股上粉红色的皮疹更令他愉快的事了。不过这个星期，魔力终结了，政治现实悄悄潜入我的私人天堂。

“跟我说说，”三岁的罗恩的妈妈奥利特毫无恶意地问道，“列维长大之后会去参军吗？”这个问题让我措手不及。在过去的三年中，我不得不处理一些关于我儿子未来的试探性问题，大多数问题恼人但不具威胁性，诸如“你会不会建议他成为一名艺术家，虽然从你的衣着来看，这工作没什么赚头”之类的问题。不过关于军队的问题把我推进了一个截然不同的、超现实的世界，在这个世界里，我看见许多强壮的婴儿穿着环保尿布、骑着小马从山上冲下来，粉红色的手里挥舞着武器，喊着凶残的战斗口号。而胖乎乎、孤零零的小列维站在他们对面，穿着破旧的制服和军用背心。过大的绿色钢盔滑到他的眼睛上，他的小手里紧抓着一把带刺刀的步枪。第一波穿着尿布的骑士快要到他面前了。他把步枪抵上肩膀，闭上一只眼睛，瞄准……

“你到底会不会让他去参军？”奥利特把我从不愉快的遐想中叫醒，“会不会让他去军队服役？别跟我说你还没考虑过这个问题。”她的语气中有种责备的意味，仿佛我和妻子没有讨论过我们孩子未来的军旅生涯，跟没带他去打麻疹疫苗一样不应该。我拒绝屈服于油然萌生的负疚感，毫不犹豫地回答道：“不，我们还没谈论过这个问题。我们还有时间。他才三岁。”

“你如果觉得你们还有时间，好好利用这段时间吧。”奥利特挖苦地回敬我。

“鲁文和我已经为罗恩决定好了。他不会去参军。”

那晚，我坐在播放着新闻的电视机前，把发生在伊齐基尔公园的奇异事件告诉了妻子。“这不是很奇怪吗？”我说，“讨论是否要招募一个连内裤都还不会穿的孩子？”

“这一点儿也不奇怪，”妻子回答，“太正常了。公园里的每个母亲都在跟我谈这个。”

“那她们为什么到现在才跟我谈这个？”

“因为你是个男人。”

“我是男人，”我争辩道，“可她们跟我谈怎么照料孩子也没什么障碍啊。”

“那是因为她们知道，你在谈论怎么照料孩子时理解和同情别人，但谈到参军，你会变得刻毒。”

“我并不刻毒啊，”我为自己辩护，“我只是说孩子还那么小，父母考虑这个问题太奇怪了。”

“从列维出生那天起，我就开始思考这个问题了，”

妻子坦白道，“如果我们现在要开始讨论这个问题，我的态度是不希望他去服役。”

我沉默了。经验告诉我，在有些情况下保持沉默更好。因而，我努力保持沉默。生活给了我很好的建议，但有时我拒绝采纳。“我觉得说那样的话太专制了，”我最终说，“毕竟，最后是他自己决定这些事。”

“专制一点儿，”我妻子回答，“好过十五年后在奥利弗山上参加军队葬礼。如果说保护你的儿子远离生命危险叫专制，那我就专制好了。”

对于这个问题的争论升级了，我关掉电视机。“听听你的话，”我说，“你把参军说得像参加极限运动。但我们能做什么？我们生活的这个地区是我们赖以生存之所。所以你实际上说的是，你希望别人的孩子进入军队，牺牲生命，让列维享受生活，不冒任何危险或在形势需要时担起责任。”

“不，”妻子回答道，“我说的是，我们很久以前就可以采用一种和平的解决办法，现在也仍然可以。但我们的领导人不那么做，因为他们知道大多数人和你一样：毫不犹豫地把自己孩子的生命托付到政府不负责任的手中。”

我正准备回答她时，感到还有一双大眼睛正看着我。列维站在客厅门口。“爸爸，”他问，“你干吗跟妈妈吵架？”“我们不是在吵架，”我试着想点话出来，“这不是真的战斗[1]，只是演习。”

从我和奥利特的那次对话之后，公园里再没有哪个母亲跟我谈过列维服役的事情。不过我依然不能在脑海中想象他穿着制服、背着步枪的样子。就在昨天，在沙箱那儿，我看见他推了反战主义者奥利特的儿子罗恩，而稍后，在回家的路上，他又拿着根树枝撵猫。

“开始存钱，爸爸，”我对自己说，“开始存钱，准备找辩护律师。你抚养的不止是一个士兵，还是个潜在的战犯。”我会很高兴跟妻子分享这些想法，但在我们差点儿没能活过上一场冲突之后，我不想再开始新的一场冲突。

我们上次通过几条协议结束了争执。首先，我提出一条听起来公平的解决方法：等到孩子十八岁，我们会让孩子自己做决定。不过我的妻子立即表示反对，声称他在各种社会压力之下没有能力做出真正的自由选择。最终，我们精疲力竭，又没有想出其他解决办法，决定施行唯一一条双方都同意的规则：我们在未来的十四年间，将致力于维护家庭及地区和平。

---

① 原文中的 fight 是双关语，既可译为“吵架”，也可译为“战斗”。

偶像崇拜

我三岁时，我哥哥十岁。在内心深处，我希望自己长大后和他一样。但这事不大可能发生。我哥哥已经跳两级，对任何东西都有令人羡慕的理解力——从原子物理学、计算机编程到西里尔字母。从我三岁开始，我哥哥对我发展出严重的关切之情。他在《国土报》上读到一篇文章，文章说不识字的人在就业市场上没有出路，于是他亲爱的三岁弟弟会很难找到工作成了困扰他的大问题。所以，他开始用一种他称之为“口香糖教学法”的特殊手段教我读书写字。操作如下：我哥哥指着一个字，我必须大声朗读出来。如果我读得准确，他会给我一片没嚼过的口香糖。如果我读错了，他就把他嚼过的口香糖粘在我的头发上。这方法有奇效，我在四岁那年，成了托儿所里唯一能阅读的孩子。我也是唯一一个，起码第一眼瞟过去，看起来开始谢顶的孩子。不过那是另一个故事。

我五岁时，我十二岁的哥哥找到上帝，去了一所宗教寄宿学校。在内心深处，我希望自己长大后和他一样。

他曾经常常对我谈起宗教。我觉得他告诉我的米德拉什[①]是世界上最酷的东西。他是学校里最年幼的学生——因为他跳级——但每个人都佩服他。不是因为他太聪明了——不知为什么，聪明在寄宿学校中不那么重要——而是因为他温良敦厚，乐于助人。我记得自己在一次普林节[②]去看哥哥，我们遇见的每个学生都有些要感谢他的事情：一个学生感谢哥哥帮自己准备考试；另一个感谢哥哥修好了半导体收音机，让他可以偷偷听重金属乐；还有一个感谢哥哥在一场重要的足球比赛前借了他一双运动鞋。他在那儿像国王般走着，那么谦逊而超然，未曾意识到自己的国王地位，而我像个王子一样跟在他身后，一清二楚地看到他的威严。我记得自己那时就想，信仰上帝将是我未来生活的一部分。毕竟，我哥哥什么都知道，他相信造物主，那么造物主必然存在。

我八岁时，哥哥十五岁，远离了宗教，去大学学习数学和计算机科学。在内心深处，我希望自己长大后和他一样。他跟他戴眼镜的女友住在一套公寓里，他的女友二十四岁，从我孩子的眼光来看，这个年纪的人仿佛

---

① 希伯来语，“解释”“阐述”之意。犹太教解释、讲解《圣经·旧约》的布道书卷。

② 犹太历中最欢乐的民间节日，纪念和庆祝犹太人在波斯帝国统治的年代里，以斯贴皇后拯救他们逃脱灭族危难。

已是老年人了。他们常常亲吻、喝啤酒、抽香烟，而我确信，如果不出岔子，再过七年，我也会和他们一样。我会坐在巴伊兰大学的草地上，吃着自助餐厅里的烤奶酪三明治。我也会有个戴眼镜的女朋友，她会亲吻我，吸吮我的全身。还有什么比这更美好的事？

我十四岁时，我哥哥二十一岁，参加了黎巴嫩战争。我的班里很多同学的哥哥都参战了。不过我的哥哥是我知道的唯一不赞成战争的人。他是一名士兵，但从没有因为射击和投掷手榴弹而兴奋，尤其不为杀死敌人而兴奋。在大多数时间里，他按照命令行事，而在余下的时间里，他待在军事法院里。在把通信天线变成一根有脑袋和鹰翅膀的巨大图腾柱后，他受审并因为“不符合以色列国防军士兵的行为”被判有罪，我妹妹和我偷偷潜入哥哥被关押的位于内盖夫[①]的偏僻军事基地。我们和他玩了几小时纸牌，参与玩牌的还有一个叫莫斯考的士兵，他也被关押在那里，不过是因为一些更没创意的事。我看着哥哥穿着军裤，上身赤裸，身上文着一幅基地下方河谷的水彩画，我知道那正是我长大后想要成为的样子：一个士兵，即使穿着制服，也永远不忘自由精神。

自我潜入哥哥的基地后，又过去好几年。在那段时

---

① 以色列南部荒凉沙漠地区。

间里，他结了婚又离婚，随后又结了婚。他也顺利地在几家成功的高科技公司谋到职位又离了职。他为的是能和第二任妻子一起，全身心投入记者们喜欢称之为“激进”的社会和政治活动中去——比如反对量子生物学记录、警察暴力，以及维护人权和赞同大麻合法化。在那段时间，我也成长并变化着，除了我们总能感受到的相互的爱，我们的关系中唯一的常量就是我们之间七年的年龄差。在整个漫长的追赶旅程中，我从没及得上哥哥的一根小指头，而某种程度上，我甚至停止了努力。一部分原因是我哥哥奇异的人生路径太难效仿，另一部分原因是我要处理个人的危机和烦忧。

五年来，我哥哥和他妻子住在泰国。他们为努力让我们的世界变得更美好的以色列和国际组织建造互联网网站，他们拿着微薄的报酬，并靠此在小镇达叻一套舒适的公寓里生活得很好。他们没有空调、浴缸和抽水马桶，但他们有许多能做世界上最好吃的饭并随时乐于拜访或接待他们的友好朋友和邻居。四周前，我妻子、列维和我飞去看他们的新家。到了那儿，我们去骑了一次大象，我哥哥骑的那头象走在我们骑的那头前面几步。两头象都由经验丰富的泰国人驾驭着。我们走出了几百码后，我看见御象者示意我哥哥可以接手指挥大象。那个泰国人移坐到大象后部，我哥哥开始掌控大象。他没有像当地御象者那样对着大象叫喊或轻轻踢它。他只是俯身向前，对着大象的耳朵悄悄说了些什么。从我坐的位置看过去，大象好像点了点头，转向我哥哥要求的方向。在那一瞬间，有种感觉回来了——这种感觉贯穿于我的童年和青少年时期。我为哥哥感到骄傲，希望自己长大后能有一点点像他，能在原始森林中骑大象，还不用提高嗓门。

第四年

让炸弹飞

在我们的儿子列维出生几周之前，就是差不多四年前，两个沉重的哲学问题逐渐显现。

“他会长得像爸爸还是妈妈”这第一个问题，在他出生时被迅速而清楚地解决了：他长得很漂亮。或者，像我亲爱的妻子如此恰当地指出的那样：“他唯一从你身上继承的，是他后脑勺上的头发。”

“他长大后会做什么”这第二个问题，在他人生的最初三年中备受关注。他的坏脾气能使他做个合格的出租车司机；他找借口的超凡本领似乎预示他在法律界会干得很好；而他使他人意见一致的能力显示他有成为某一集权政府高级官员的潜力。不过在过去的几个月里，遮盖我儿子丰满而美好的未来的迷雾密布起来。他将来可能会成为一个送奶工，否则，他每天早晨五点半醒来并坚持叫醒我们的罕见能力就完全浪费了。

两周前的一个星期三，我们每天早晨五点半被儿子叫醒的惯例被门铃声打破。我穿着睡裤开了门，看见我最好的朋友乌兹站在那儿，脸苍白得像一张纸。在阳台上，他紧张地抽烟，告诉我他和S吃了饭。S是和我们一起上小学的疯狂小孩，当然，他现在成了个疯狂的高级军官。他们吃甜点时，乌兹结束吹嘘刚刚完成的一笔可疑的房产交易，S告诉他，有份秘密文件刚刚放到自己的办公桌上。那份文件讲的是伊朗总统的心理特征。文件说，外国情报机构说，内贾德是世界上关起门来表露真实想法时比在公开场合中更为狂热的少数活着的领导人之一。

“你明白我的意思了吗？”乌兹浑身汗淋淋地问我，“在几个月之内，那个人就要搞一次核爆。一次核爆！你懂不懂他在特拉维夫扔颗核弹对我来说是多大的灾难？我有十四套公寓正在出租。你听说过遭受放射性突变的人会按时付房租的吗？”

“撑着点儿，乌兹，”我说，“我们如果被核弹炸，你不会是唯一的受害者。我的意思是，我们还有个孩子，而且……”

“小孩又不付房租，”乌兹吼道，“小孩不会跟你签了租约，又在长了第三只眼时毫不犹豫地毁约。”“乌兹叔叔，”我听到身后传来列维睡意蒙眬的声音，“我也会有第三只眼睛吗？”谈话进行到这里，我也点了支烟。

第二天，妻子叫我打电话找个水管工来检查卧室天花板上一个漏水点时，我跟她说了我和乌兹的谈话。“如果S是对的，”我说，“那我们就是在浪费时间和金钱。如果整个城市两个月内会毁灭，我们干吗还要修这修那？”我建议我们定个半年期限，如果到三个月时我们仍然能完整地待在这儿，我们就修天花板。我妻子什么也没说，但我从她的表情中看出，她没有意识到当下地缘政治形势有多严峻。“如果我对你的意思理解正确，你大概也想延期花园的工程？”她问。我点点头。干吗还栽种柑橘树树苗和紫罗兰？照网上的说法，它们对辐射尤其敏感。

我受益于乌兹的情报，为我们省去了好几项家务。我同意参与的唯一房屋改善工作是消灭蟑螂，因为放射性尘埃对这些昆虫也没辙。渐渐地，妻子也意识到我们这般破旧的生存状态的好处。她发现一个并不准确可靠的新闻网站发出警示，伊朗可能已经拥有核武器。于是，她决定不再洗盘子。“再没什么比你正在往洗碗机里加皂液时被炸死更令人沮丧的事，”她解释道，“从现在起，我们到了迫不得已的时候再洗盘子。”

这种“我如果无论如何都在劫难逃，那我可不当傻瓜”的哲学很自然地从“洗碗机法则”延展到生活的其他领域。我们很快就只在非做不可时才拖地板和清理垃圾。在我精明的妻子的建议下，我们去银行贷了一大笔款，以为我们可以在世界末日之前花完这笔钱，不用还钱给银行。“这个国家变成地上的一个大窟窿，他们来找我们也没用。”我们笑着，坐在肮脏的起居室中看我们巨大而崭新的等离子电视。在我们短暂的人生中如果真的可以耍银行一把，那实在是太好了。

随后，我做了个噩梦，梦见在街上，内贾德来到我面前，拥抱我，在我的两颊上都行了贴面礼，用流利的意第绪语说：“我爱你。我的兄弟，我爱你。”我叫醒妻子。她的脸上蒙了一层灰泥。我们床上方天花板上的水渍正在扩大。“怎么啦？”她受了惊吓，问道，“是伊朗人吗？”

我点点头，但马上又说我只是在做梦。

“在你的梦里，他们毁灭我们了？”她问道，轻抚我的脸颊，“我每晚都做他们毁灭了我们的梦。”

“我的梦更糟糕呢，”我说，“我梦见我们正跟他们和解。”

这个梦对她打击很大。“S也许错了，”她恐惧地小声说，“伊朗人也许不会袭击我们。但我们会被这肮脏、破旧的公寓套牢，被银行债务和你的学生纠缠，你答应会在一月把试卷还给他们，但你现在还没开始批改试卷。还有，我们答应在逾越节去拜访你那些在埃拉特的无聊亲戚，因为我们确信到时候——”

“那只是个梦。”我试图鼓励她，但这安慰微不足道，也太迟了。我尽可能用力地拥抱她，她的眼泪滴落在我脖子上。我小声说道："别担心，亲爱的。我们都是幸存者。我们已经从许多事情中一起幸存下来——疾病、战争、恐怖袭击，而且，如果和平是命中注定的安排，我们还会活下去。"我妻子最终睡着了，但我无法入睡。所以我起床，打扫起居室。我明天早晨要做的第一件事，是打电话叫个水管工。

我令人哀悼的姐姐

十九年前，在贝尼巴科的一个小结婚礼堂里，我姐姐“死”了。现在，她住在耶路撒冷最正统的犹太教社区里。最近的一个周末，我住在她的房子里。这是我第一次在那儿过安息日。我常常在周三前后去看望她，不过那个月，因为工作和出国行程，我只有周日有空去看她。“照顾好自己，”我离家时妻子跟我说，“你知道，你现在的状况没那么好了。你要确保自己不被他们说服信教什么的。”我告诉她没什么好担心的。我在谈到宗教问题时，会声称自己不信神。我状态很好时，谁也不需要，而我感觉自己衰弱得像坨屎时，内里开了一个很大的空洞，我知道没有一个神能填满它，而且永远不会有神能填满它。所以即使有一百个传道拉比为我迷失的灵魂祈祷，也无济于事。我不信神，但我姐姐信神，而我爱她，所以我得对“祂”表示一点儿尊敬。

我姐姐探索宗教的那段时间，正是以色列流行乐有史以来表现最低迷的时候。黎巴嫩战争刚刚结束，没人有心情听欢快的音乐。随后，所有那些关于年轻英俊的士兵将要阵亡疆场的民谣也开始让我们心烦意乱。人们想要忧伤的歌曲，而不是歌颂每个人都试图忘却的肮脏怯懦的战争的歌曲。于是，一类新风格的歌曲突然出现：为准备信教的朋友而唱的挽歌。那些歌总是关于歌手为之而活的一位密友或一个美丽性感的女孩，他们突然之间发生可怕变故，转而信仰正统犹太教。朋友蓄起胡须，频频祷告，美丽女孩把自己从头到脚裹起来，再也不理郁闷的歌手。年轻人听着这些歌，冷冷地点头。黎巴嫩战争带走太多他们的朋友，所以他们最不愿意看见的就是幸存的人永远消失在耶路撒冷肮脏角落的某个神学院里。

不仅音乐世界在不断发现重生的犹太人，重生的犹太人还是所有媒体的香饽饽。每个脱口秀上都有专座，或为号称自己刚信教后就丝毫不想念过去放荡生活的前名人而设，或为朋友自从信教后改变颇多以至于没法与其说上话的知名重生者的故友而设。我本人也被波及。我姐姐跨过界线，朝天国方向而去时，我成了某种意义上的当地名人。原本从来不跟我说话的邻居走在路上时会停下来，只为跟我紧紧握一下手，表达他们的同情。时髦的十二年级学生，全都一身黑衣服，在钻进带他们去特拉维夫舞蹈俱乐部跳舞的出租车前，也会友好地跟我击掌致意。随后他们会摇下车窗，对我叫嚷他们多么为我的姐姐感到伤心。拉比如果只是吸收丑人也就罢了，但看看我姐姐的容貌——多浪费啊！

那时，我形同槁木的姐姐在耶路撒冷的一所女子神学院里学习。她几乎每周都来看我们，看上去很开心。她如果哪一周没法来看我们，我们就去看她。我那时十五岁，想念死她了。她入教前在南部的军队里担任炮兵教官时，我经常想办法去找她，但不知何故，当时倒没有那么想她。

我们相见时，我近距离观察她，想看看她到底哪里变了。他们改变了她的眼神、微笑吗？我们还是像以前那样聊天。她依然给我讲她特地给我编的滑稽故事，还帮助我完成数学作业。不过我的堂兄吉利属于反对宗教压迫运动的青年团，对拉比那些东西了如指掌，他告诉我，姐姐的改变只是时间问题。他们还没完成对她的洗脑，不过他们一旦洗脑成功，她就会开始说意第绪语。他们会剃光她的头，然后她会嫁给某个禁止她再见到我的汗津津、软弱恶心的家伙。可能还要一两年时间，不过我最好做好准备，因为她一旦出嫁，虽然还在呼吸，但从我们的角度看，就如死了一般。

十九年前，在贝尼巴科的一个小结婚礼堂里，我姐姐“死”了。现在，她住在耶路撒冷最正统的犹太教社区里。她有个丈夫，一个神学院学生，正像吉利预言的那样。但他并不汗津津，也不软弱恶心。实际上，我或我哥哥去拜访时，他看上去挺高兴。大约二十年前，吉利还向我预言，我姐姐将会有成群的孩子，听见他们像是住在“二战”前东欧偏僻的犹太人聚集区里似的讲意第绪语时，我会想哭的。在这件事上，他也只说对了一半，她确实有一大群孩子，一个比一个可爱，但他们讲意第绪语时，我只想笑。

我走进姐姐的房子时，离安息日开始还有不到一个小时，孩子们异口同声地用“我叫什么名字”跟我打招呼，这一传统源于我有一次把他们给搞混了。我姐姐有十一个孩子，每个孩子都被按照虔敬派犹太教徒的命名习惯起了双名，因而我的错误当然是可以被原谅的。事实上，所有男孩穿得都一样，留着统一的鬓发，为我分辨他们增加了难度。但是他们所有人，从最大的男孩什洛莫—那克曼开始，仍然希望他们特别的舅舅精神足够集中，将正确的形象和相应的外甥对上号。就在几个星期之前，母亲说她跟姐姐谈了一次，怀疑这一切还没结束，因而在一两年之内，按神的意愿，我还要记住另一个双名。

一旦成功通过点名测试，我很久没见的姐姐会给我在一个严格清洗过的玻璃杯里倒可乐，在起居室的另一边坐下，说她想知道我近来都在干什么。她喜欢听我告诉她我很好，心情很愉快，不过我居住的那个世界对她来说轻浮无聊，所以她并不是真的对细节感兴趣。我承认，姐姐从不会读我写的任何一则故事这一点令我很沮丧，但我不守安息日、不按犹太律法进食令她更沮丧。

我写过一本儿童读物，把它题献给外甥们。在合同里，出版社同意插画师准备一个里面所有男人都戴着犹太人的圆顶小帽、留着鬓发，所有女人的裙子和袖子很长很端庄的特别版。但这个版本最终也被我姐姐向其咨询宗教事务的拉比拒绝了。在那本儿童读物里，一个父亲跟着马戏团跑了。拉比准是认为这也太胆大妄为了，我只得把“符合犹太教规”版本的书拿回特拉维夫——插画师费了好多时间精工细作才完成这个版本呢。

十年前，我和女友终于结婚了。我们结婚前，最考验我们的问题就是她不能跟我一起去看我姐姐。完全诚实地说，我应该提及，在我和女友共同生活的这九年中，我们已经在各种自己编造的仪式中结了几十次婚：在雅法一家鱼餐厅中对着鼻尖亲吻，在华沙一家破败旅店中相拥，在海法沙滩上裸泳，甚至在从阿姆斯特丹去柏林的火车上分享一颗健达奇趣蛋。但很遗憾，所有这些仪式都没有获得拉比或国家的认可。因而，我去看姐姐和她的家人时，我的女朋友总是不得不在附近的咖啡馆或公园等我。起先我很不好意思让她等，但她理解我的处境，接受这样的安排。至于我，后来也接受了——我除此之外还有什么选择？——但我对此并不理解。

十九年前，在贝尼巴科的一个小结婚礼堂里，我姐姐“死”了。现在，她住在耶路撒冷最正统的犹太教社区里。那时我爱死了一个女孩，但她不爱我。我记得在姐姐结婚两周后，我去耶路撒冷看她时的情景。我希望她为我和那个女孩能在一起而祈祷。可见我那时多么绝望。姐姐沉默了一会儿，然后跟我说她不能那样做。因为她如果祈祷了，随后那个姑娘和我在一起，而要是我们以后不幸福，她会感觉很糟糕。“我会祈祷你再遇见一个令你幸福的人，”她说，努力给我一个宽慰的微笑，“我会每天为你祈祷，我保证。”我看出她想给我一个拥抱，但很遗憾这不被允许，或者她想拥抱我只是我的想象。十年后，我遇见了妻子，和她在一起确实很幸福。谁说祈祷不会被回应？

小鸟的眼睛

如果不是因为我母亲，我们很有可能会继续相信一切都好。

那是个普通的周六早晨，她告诉我们，她的孙子要她跟他玩个特别的游戏，一个“你只能在妈妈的手机上玩”的游戏。那个游戏着实简单：你只需要用弹弓射出小鸟，捣毁绿色小猪住的屋子。

“啊，是‘愤怒的小鸟’，”妻子和我异口同声地说，“我们最喜欢玩的游戏。”

“我从没听说过这个游戏。”我母亲说。

“你大概是唯一没听说过这个游戏的人了，”我妻子说，“我想，在这个星球上，躲在森林里不知道第二次世界大战已经结束的日本士兵都比不知道这游戏的人多。它大概是有史以来最受欢迎的苹果手机游戏。”“我还以为你最喜欢的游戏是用画着以色列花朵的扑克玩‘钓鱼’[①]。”我母亲说，感觉受了冒犯。

---

① 钓鱼（Go fish），类似中国扑克游戏中的“抽乌龟”，抽到配对就出牌，否则就说“No，go fish”。

“我不再喜欢那玩意儿了，”我妻子说，“你问对家几次‘有海葱吗’就想打呵欠了。”

“但那个‘愤怒的小鸟’，”我母亲说，“我即使没戴眼镜，也知道那些鸟儿击中目标时就死掉了。”

“它们牺牲自己，以达成更高的目标，”我不假思索地说，“这是个教人价值观的游戏。”

“是的，”我母亲说，“但你所谓的目标，只是摧毁那些从没妨碍过小鸟的可爱小猪头顶的建筑。”

“它们偷了我们的蛋。”我妻子坚持道。

“对，”我说，“这实际上是个教育我们不要偷窃的游戏。”

“也许更恰当的说法是，”我母亲说，“它教你要杀偷你东西的人，而且是以命博命。”

“它们不该偷蛋。”我妻子有些哽咽，她知道自己将要在一场争论中落败时就会这样。

“我搞不懂，”我母亲说，“那些小猪亲手偷了你们的蛋？还是说我们在讨论连坐惩罚？”

“你们谁想来点儿咖啡？”我问。

我们喝了咖啡之后，团队合作，破了“愤怒的小鸟”的家庭纪录。我儿子擅长射出多个小鸟打击多点目标，而我妻子擅长发射能穿透一切的方形铁头小鸟，成功摧毁撇着小胡子的胖鼓鼓的绿色猪王头顶上坚固异常的蜂巢状建筑，那猪王发出最后一声“哦啦”后，永远闭嘴了。

我们吃着饼干，庆祝我们对这些邪恶的猪的精神胜利时，我母亲又开始烦我们。“这游戏到底有什么地方让你们这么喜欢？”她问。

“我喜欢小鸟撞到东西时发出的奇怪声音。”列维咯咯笑着说。

“我从几何物理的方面喜欢它，”我耸耸肩说，“玩这个游戏要计算各种角度。”

“我喜欢杀戮的感觉，”我妻子颤声低语，“摧毁建筑，杀死生物。这太有趣了。”

“这个游戏确实能改善玩家的协调性。”我说着，仍试图缓和气氛。

“看着那些猪被炸成碎片，它们的房子坍塌。”我妻子继续说，绿色的双眼变得深邃。

“谁要添咖啡吗？”我问。

我妻子是我们家里唯一真正一针见血的人。“愤怒的小鸟”在我们家和别人家如此受欢迎，的确是因为我们爱好杀戮和破坏。猪的确在游戏开始后很短的时间里偷了我们的蛋，但说实话，那只是个能让我们把持久而激烈的愤怒转移至它们身上的借口。我花了些时间思考这个游戏，越来越肯定：

在那些搞笑动物好听的声音的迷人外表下，“愤怒的小鸟”实际上是一款和恐怖分子精神契合的游戏。

我知道史蒂夫·乔布斯和他的继任者不会喜欢上面那句话，而且从政治角度说，上述论断也不太正确。不过你还能怎么解释一款要你牺牲生命去摧毁手无寸铁的敌人和他们妻儿的房子，导致他们死亡的游戏呢？

顺便说一句，我不是说这个游戏很差劲。我猜将方脑袋的小鸟投向石墙，很接近于“我会去执行一项自杀任务”。所以，这或许是种可控的有趣的方法：了解不仅小鸟或恐怖分子会愤怒，我自己也会愤怒，我需要做的是，在合适的、相对无害的情境下认识自己的愤怒，让它得到宣泄。

在我们那场奇怪的对话几天之后，母亲和父亲出现在我家门前，拿着个包了鲜花图案包装纸的方形礼物。列维兴奋地打开盒子，发现里面是个有许多醒目美钞图案的棋盘游戏。

“你们对‘钓鱼’不感兴趣了，”我母亲说，“所以我们决定买款‘大富豪’给你们。”

“这个游戏要怎么玩？”列维疑惑地问。

“赚钱，”我父亲说，“赚很多钱！你把你爸妈的钱全赚过来，直到你满手肮脏的财富而他们一无所有。”

“太好了！”列维高兴地说，“怎么玩？”

从那天起，绿色的猪一直生活在和平安宁之中。是的，我们没去它们在妈妈苹果手机上的社区，但我确信，我们如果偶尔去短暂地拜访一下，会发现它们在为孩子们封闭了阳台或挖了地道而心满意足地哼叫。而另一方面，妻子和我发现我们的处境正在恶化。每天晚上，列维上床睡了之后，我们坐在厨房里，计算我们欠这个贪婪小鬼的新债：他掌控着“大富豪”中超过九成的房产，包括交叉持股的楼宇和基建公司。我们计算完多边债务之后，也上床睡了。我闭上眼睛，不去想我们腰际那个胖乎乎的冷酷的小东西在不久的将来将把我妻子和我目前在棋盘上住的那个小纸箱扯碎。幸福的睡眠最终来临，随之而来的是梦境。我在梦中再度成为一只鸟，飞越湛蓝的天空，以一条激动人心的弧线穿越云层，仅仅是为了在神经错乱的复仇情绪中，把自己方形的脑袋撞向绿色的、长着小胡子的、吃蛋的猪。哦啦！

第五年

故土设想

我是个孩子时，想象过波兰的样子。我母亲在华沙长大，她给我讲了许多关于那座城市的故事：关于她出生并在孩提时玩耍的雅鲁沙拉雅大街，关于她在那里度过努力为生存而活的童年时代又在那儿失去全家人的犹太人隔离区。除了我哥哥历史书里那张高个子、留小胡子的男人背后有辆马车的模糊照片，我不知道关于那个遥远国度其他可供想象的事实，但去想象母亲生长、外祖父母和舅舅被杀的地方的愿望如此强烈，我一直在脑海中创造那个地方的样子。我把华沙的街道想成我在狄更斯小说插图中见到的街道的样子。在我的脑海中，母亲给我描述的那些教堂，和发霉、陈旧的《钟楼怪人》里的教堂一样。我想象她走在鹅卵石街道上，谨防撞上高个子、留小胡子的男人。我想象出来的所有画面都是黑白的。

我第一次与真实的波兰相遇是在十年前：我被邀请参加华沙书展。我记得自己走出机场时的惊讶，那是一种我当时无法描述的反应。

过后，我意识到自己惊讶是因为，华沙是以彩色电影的形象在我面前活生生铺展开的，路上满是廉价的日本车而不是马车，而且当然，我看见的大多数人都把胡子刮得干干净净的。

在过去的十年中，我几乎每年都去波兰旅行。我不断地接到各种访问邀约，我虽然正在试图减少飞行旅程，但发现自己很难拒绝来自波兰的邀请。我的大部分家人在波兰恶劣的环境中丧生，但那儿也是他们开枝散叶过几代的地方，我对那片土地和那片土地上的人民的好感近乎神秘。我去找母亲出生的那所房子所在的地方，发现那儿现在是家银行。我去她住过一年的一所房子，发觉那儿现在是片杂草丛生的荒地。非常奇怪的是，我没有感到沮丧或悲伤，还给这两处地方都拍了照片。我确实更希望找到一所房子，而不是银行或荒地。但我觉得，银行比空无一物要好些。

我最近一次去波兰是几周前，参加在这个国家举办的另一个文学节。一个叫伊莉莎贝塔·伦波的迷人摄影师问我，她是否可以给我拍照。我高兴地答应了。她在一个我正等着朗诵自己作品的咖啡馆里给我拍了照，我回到以色列时，发现她已经把照片通过邮件发给了我。那是一张我正跟一个高个子、留着小胡子的男人聊天的黑白照。在我们身后，焦点之外，是一幢老旧的建筑。照片中的每样事物看上去都不像是来自现实，而是来自我童年时对波兰的想象。我的表情看上去是波兰式的，严肃得可怕。我凝视着照片中的自己。我如果能将摆着这个造型的他从相片中解冻，他肯定可以从相框中走出来，真的找到我母亲出生的那所房子。他如果足够勇敢，甚至可能会上前敲门。没有人知道谁会来给他开门：外公抑或外婆，也许是个微笑着的小女孩，小女孩对残酷未来还一无所知。我久久凝视那张照片，直到列维走进房间，看到我坐在那儿，目光盯着电脑屏幕。“那照片怎么没有颜色？”他问。“是魔法。”我笑了，摸摸他的头发。

胖猫

为了见列维的幼儿园老师，我刮了胡子，从衣橱里拿出体面的衣服。

“只是个早晨十点的会面，”妻子笑了，“老师说不定穿的是运动裤。你穿白衬衫和西装，看上去像个新郎。”

“像个律师，”我纠正她，“会面结束后，你会感谢我穿得这么正式。”

“你为什么表现得好像老师找我们，是因为列维犯了错？”妻子抗议道，“她叫我们去，说不定只是因为列维是个乐于帮助小组里其他人的好孩子。”

我试图勾勒出一幅画面：列维在幼儿园院子里慷慨地把三明治分给一个那天忘了带午饭的骨瘦如柴的同学，后者对他感激不尽。幻想这一场景太费力气，我差点儿累垮了。“你真觉得他们是叫我们去听关于列维的好话？”我对自己十分贫瘠的想象力感到绝望，倒是妻子的乐观情绪令人惊讶。

“不，”她伤感地承认，“我只是想跟你争论。”

那位老师确实穿着运动裤，不过她真的很喜欢我的西装，听说那就是我结婚时穿的西装后显得很高兴。

“但他现在不用吸着肚子倒还能穿得下。”妻子说，和老师交换了一个会心的微笑——她们都被迫接受了有三个订比萨快捷号却从不进体育馆的男人。

“事实上，”老师说，“我叫你们来的原因，和食物有关。”

老师告诉我们，小列维和幼儿园的厨师达成了一个秘密协定，厨师定期带巧克力给他，虽然教育委员会严格禁止孩子在幼儿园里吃糖。“他去了厕所，回来时拿着五根巧克力条，”老师解释道，“昨天，他坐在角落里不停地吃，直到一股股巧克力开始从他的鼻子里流出来。”

“但你为什么不跟厨师谈谈这个问题？”我妻子问。

“我已经跟她谈了，”老师叹气道，“但她说列维太会操控人，她根本没法罢手。”

“您觉得，”我妻子继续说，“一个五岁的孩子可能操控一个成年人，迫使她——”

“别在意她的话，”我低声对老师说，“她知道这不可能。她只是喜欢争论。”

那天下午，我利用和列维踢友好足球赛的机会，和他来了次交心之谈。“你知道里基老师今天告诉我什么事情吗？”我问。

“是不是我每天早晨都给她的电脑浇水，但一点儿效果也没有，屏幕依然小得可怜？”列维问。

“不是，”我说，“她告诉我，玛丽厨师每天早晨给你带巧克力。”

“是的，”列维高兴地说，“好多好多好多巧克力。”

“里基还告诉我，你自己把所有的巧克力都吃了，不分给其他小朋友一点儿。”我补充道。

“是的，”列维不假思索地承认，“不过我总是跟他们解释，我一点儿也不能给他们，因为小孩子不能在学校里吃糖。”

“很好，”我说，“不过小孩子既然不能在学校吃糖，你为什么认为你自己可以吃？”

“因为我不是小孩子，”列维胖乎乎的脸上露出狡黠的笑容，“我是只猫。”

“你是什么？”

“喵，”列维用柔和而清澈的声音答道，“喵，喵，喵。”

第二天早晨，我正在厨房里喝咖啡、读报纸。以色列国足教练被海关查获走私，带了价值超过两万五千美元的雪茄入境。以色列议会一个沙斯党官员买了个餐厅，强迫助手在那儿工作，而工资由议会支付。以色列明星球队特拉维夫马卡比篮球队的教练们，正面临逃避缴纳所得税的指控。随后，我在吃早饭时，读了一点儿关于审讯被控贪污的前总理埃胡德·奥尔默特的报道，那则报道以一则小短文结束，文中说，因挪用公款目前被监禁的前财政部长阿维拉汗·赫什森，被狱友称为“模范犯人”。

多年来，我徒劳地努力想弄明白为什么那么多富有、成功、已经拥有一切的人冒着被惩罚和鄙视的风险，触犯法律。毕竟，奥尔默特伪造机票费，从犹太殉难博物馆的项目上挤出几千美元时，又不是一贫如洗。而赫什森从他工作的机构中挪用钱财时也没挨饿。但是，我和列维推心置腹地交谈后，我终于明白了。那些人跟我儿子一样，他们欺骗、偷窃、撒谎，只因为他们确信自己是猫。猫作为可爱、毛茸茸、娇滴滴的生物，不用忍受身边汗津津的两腿生物必须遵守的规则和律法。明白这一点后，就很容易猜到前总理会怎样为自己辩护。

检察官：奥尔默特先生，您知道做假账和欺诈是违法行为吗？

奥尔默特：当然。作为一个讲道德的、遵纪守法的前总理，我完全知道，对国家所有的公民来说，那是违法行为。不过你如果仔细读读这个国家的法律，会发现这法律对猫是不适用的。而我，先生，可是世界闻名的懒肥猫啊。

检察官（大吃一惊）：奥尔默特先生，您应该没指望法庭把您的最后一句话当真吧？

奥尔默特（舔着阿玛尼西装的袖口）：喵，喵，喵。

装腔作势的人

利比亚的外交闪电革命不是这一地区仅有的革命；那儿还正在发生另一场静悄悄的革命，但同样不容小觑。被营养不良和缺乏锻炼压迫四十多年后，我的身体终于上街抗议。我的肌肉——一块接着一块，以惊人的同步性——开始抽筋。抽筋从我的脖子开始，下移至双肩，有时候甚至抵达脚部。有一天，妻子回到家发觉我平躺着，像只死蟑螂。她花了二十分钟才理解我出了点儿问题，而她搞明白之后，说的第一句话是："你这是自找的。"她说的第二句话与她跟我在拉马特甘的堂兄打的一个赌有关，她赌我在五十岁前就会死于心脏病。根据妻子的说法，堂兄是出于对我强烈的感情，才冒着损失钱财的风险，赌我会长寿，而她则基于常识和现代医学理论，坚持自己的观点。"任何一个人用你对待自己身体的方式来对待一只宠物，都早被扔进监狱了。"妻子试着帮我坐起来，同时说道，"你干吗不能像我那样，关注饮食，做做瑜伽？"

事实是，我几年前试过瑜伽。我的第一节入门课结束时，那个苍白、瘦骨伶仃的老师来到我面前，用柔和但坚定的嗓音解释说，我还没有准备好和其他初学者一起上课，我必须先参加一个“特别”小组。特别小组成员是处于妊娠晚期的妇女。这其实挺好的，这是在很长的时间里我的肚子第一次是整个房间中最小的。这些女人做动作都非常缓慢，被要求做简单、基本的动作时，都会喘气出汗，跟我一样。我确信，自己终于在残酷的体育世界找到自己的位置。不过这个小组的人数持续减少，我们好像在参加真人秀，每个星期都有一个女人被淘汰，而她兴奋的朋友会用颤抖的嗓音说，她已经生了。

我加入这个小组三个月后，除了我，小组其他成员都生了。老师在关掉练功房的灯之前，最后一次用柔和但坚定的嗓音告诉我，她将买一张去印度的单程票，不知道自己会不会回来。她推荐我去学一些“比瑜伽挑战性小一点儿”的运动。鉴于她没有提供细节，我往她神秘的话语中注入熟悉的罗勒香味，回去吃了整盘比萨。

所以，在最近的一波肌肉抽筋没那么厉害时，我决定先发制人，列出一张自己可以参与的体育活动清单，再划掉所有我知道自己的身体不可能承受的项目。跑步和去体育馆锻炼是首先要划掉的，还有室内自行车和健美操（如果非要我在听小甜甜布兰妮的音乐和患动脉阻塞之间做出选择，我选择后者），以及参加跆拳道或克拉夫马拉[1]（我小时候免费练习过这些项目，我实在不愿为这个付费）。我认真地勾画一遍之后，那张纸上只剩下快走一项。我快速划掉“快”字，在“走”字后面加了个问号。

我妻子读着那张纸，看上去一点也不为带问号的“走”这个选项兴奋。“有一百万个你这样又懒又衰的人可以做的项目。”她宣布。

“说一个来听听。”我说。

“普拉提。”她说，咀嚼着小麦芽或其他什么臭烘烘的东西。我快速了解了一下普拉提，发现它有一些很具吸引力的东西：虽然被正式定义为“体育活动”，但不会让你担惊受怕；大多数动作都是在平躺的情况下做的。而且，发明普拉提的人在第一次世界大战期间用这种技术复健受伤士兵。这意味着，即使没有孕妇与我同学，我也可以被其他班级录取。

在第一堂课上，我学到更多关于这项很棒运动的知识。练普拉提时，主要动用深层肌肉，意思是，任何看着你的人都无法知道你是真的拉伸了骨盆，收缩了你的横纹肌，抑或只是在床垫上打瞌睡。在以色列，普拉提的班级都特别小，而且主要由受伤的芭蕾舞演员组成。

---

① 一种以色列武术。

这也就意味着，练功房里充满对伤病的高度共鸣，好像银河系中没有更好的地方能抱怨肌肉拉伤的痛苦，得到充满同情的安抚。我不知道你上一次由五个受过伤的芭蕾舞者帮你放松腿筋是什么时候，如果那已经是太久以前的事，我推荐你直接去最近的普拉提健身教室试一试。

从我开始练普拉提起只过去了两个星期。我仍然不能用横纹肌打开泡菜罐子，而我抬起手去抓头时，肩痛依旧不可忍受，但我有了自己的更衣箱，跟大卫·贝克汉姆一样，每条运动裤的裤腿上都有金色条纹，以及一个柔软的新垫子。我可以每周两次花一整个小时躺在上面，随意遐想，同时盯着身材匀称、表情坚毅的芭蕾舞演员栖息在巨大的、颜色鲜亮的橡胶球上。

无非是另一个罪人

不久之前，我参加了一个位于新罕布什尔州艺术家聚居区的阅读小组。三个参加者必须各自朗读十五分钟。其他两个人作为写作者才刚起步，没发表过任何东西，因此，我以慷慨或谦虚的姿态，表示最后一个朗读。第一个写作者，一个从布鲁克林来的家伙，十分有才气。他读了一些有关他已故祖父的东西，他的文字十分有力。第二个写作者，一个从洛杉矶来的女人，刚读她的东西就搞得我脑子天旋地转。我坐在一张很不舒服的木椅子上，在艺术家聚居区一个热得要命的图书馆的礼堂里，倾听着自己的恐惧与欲望，以及永恒的火焰在我体内焖烧，但我掩饰得很好，因而只有它和我知道其存在的狂暴。她的朗读超过二十分钟。她把演讲台让给我，我有气无力地从她身边走过时，她怜悯地瞥了我一眼，骄傲的丛林之狮瞥马戏团里狮子的那种眼神。

我不记得自己那晚具体读了什么，只记得在整场朗诵会上，她的故事在我的脑海中回荡。在那个故事中，一位父亲对他的把整个暑假用来折磨动物的孩子说了些话。他告诉他们，杀死虫子和杀死青蛙之间有一条泾渭分明的界线，无论多么艰难，这条界线永远不能被逾越。

这就是世界的规则。这不是写作者发明出来的，但写作者在此岸说出了应该被说出的东西。杀死虫子和杀死青蛙之间有一条泾渭分明的界线，而写作者即使在他的一生中逾越过这条界线，仍然要指出这点。写作者既不是圣人，也不是义人或站在门口的先知；他无非是另一个罪人，具有某种程度上更敏锐的意识和更精准一点儿的语言，可以描述我们这个世界不可思议的现实。他并没有发明任何一种感觉或思想——所有的感觉或思想都在他之前很久就存在了。他不比他的读者好哪怕一点点——他有时要坏多了，也理应如此。写作者如果是个天使，那他与我们之间的鸿沟太过巨大，所以他写的东西无法走近并打动我们。不过，正因为他在此岸，在我们这一边，只有脖子以上露在泥土和污物之外，他比其他任何人都更能与我们分享他脑海中的一切：光明以及黑暗。他不会带我们去应许之地，不会带来世界和平或治愈顽疾。不过他如果正确地履行了使命，故事中的青蛙会多活下来一些。而虫子，我很抱歉地说，只能靠它们自己了。

我从开始写作那天起，就知道了这个事实。我确定而清晰地知道这个道理。不过在那次朗诵会上，我在新罕布什尔中心的麦克道威尔艺术家聚居区面对一头真正的狮子并感到一瞬间的恐惧时，发觉最敏锐的知觉也会变得愚钝。一些人没有支持和增援，但仍在创造着，也只能持续不断地写下去。周围是不相信他有天赋的人，他们总是这样说。他周遭的世界不会让他忘记这一点。仅有的能够忘记这一点的作者就成功了，这类作者不会逆着自己的生活之流而写，而是顺应它，他笔下流淌而出的每一次顿悟不仅会提升文本的品质，使他幸福，还能愉悦代理人和出版商。该死的，我忘了。我曾记得事物之间有一条界线，只不过这条线最近不知怎么的变成成功与失败、接受与拒绝、欣赏与讥讽。

那晚，在朗诵会后，我回到自己的房间，直接上了床。我可以通过每扇窗户看见巨大的松树和清澈的夜空，我能听见青蛙在林间呱呱鸣叫。我来到此处后，青蛙首次感到自己足够安全，鸣叫起来。我闭上眼睛等待睡眠，等待宁静。不过蛙鸣没有停止。凌晨两点，我起了床，走到电脑边，开始写作。

我的第一个故事

二十六年前，我在以色列一个戒备森严的军事基地写下我的第一个故事。我那时十九岁，是个状态糟糕、绝望、等着义务兵役赶紧到头的士兵。在一段特别漫长的值勤期间，我在地下深处一个与世隔绝、没有窗户的机房里写了这个故事。我站在冰冷的房间中央，盯着打印出来的纸页。我说不清自己为什么要写它，也说不清它讲的是什么。我敲打那些虚构的句子时，不仅兴奋，还很恐惧。我觉得自己似乎需要立刻向某个人读读这则故事，他也许并不喜欢或理解它，但可以宽慰我，告诉我把它写下来完全没问题，写作并非我走向疯狂的又一步。

第一个可能的读者十四个小时之后才出现。他是个麻脸中士，来换我的班。我尽量平静地告诉他，我写了一则短篇故事，想请他读一下。他摘下太阳镜，冷酷无情地说："没门。滚开。"

我上了几层楼，来到地面上。刚刚升起的太阳十分刺眼。彼时是早晨六点半，我迫切地需要一个读者。我去了大哥的家，我遇到麻烦通常都会去找他。

我按了大楼门口的语音门铃，哥哥用睡意蒙眬的声音回应了我。“我写了个故事，”我说，“想让你读一下。我能上去吗？”一阵短暂的沉默，随后哥哥用抱歉的语调说：“这主意不太好。你吵醒了我的女朋友，她正在生气呢。”他又沉默了一会儿，加上一句：“在那儿等着我。我穿衣服，然后带狗下去。”

几分钟后，他出现了，带着他那条小小的、看上去无精打采的狗。它很高兴能这么早就出来散步。哥哥从我手里拿过打印稿，边走边读。但狗想停下来，在大楼门口附近办它的事。它努力把小爪子掐到土里，不愿前进，但哥哥过于沉浸在阅读之中，没注意到这点。一分钟后，他快步走上街，一路拖着可怜的狗。

对那条狗来说，幸运的是那故事很短，我哥哥在两个街区外停下来时，狗重新获得平衡，按照自己的计划办事去了。

“这故事太棒了，”我哥哥说，“真带劲。你有备份吗？”我说我有。他给了我一个“兄长为他的小弟弟感到自豪”的笑容，随后弯腰用那张打印稿铲起狗屎，把稿子和狗屎丢进垃圾桶。

正是在那个时刻，我意识到自己想成为作家。

我哥哥并未意识到他告诉了我一件事：我写的故事

并不是扔进街上垃圾桶里的那张皱巴巴、沾着狗屎的纸。那张纸只是把来自我意识的感受传递至他的意识的一个途径。我不知道一个巫师第一次施成魔法是怎样的感受，但应该跟我当时感受到的很相似：我发现了将帮助自己挨过退役前这两年的魔法。

阿姆斯特丹

“9·11”事件过去还不满一周，肯尼迪机场看上去像是B级动作片的摄影棚：神经质的保安穿着制服在候机楼巡逻。他们手持步枪，紧张地对着排成长列的数千旅客叫嚣。我原本计划那天飞去阿姆斯特丹参加一个时髦酷炫的艺术节，超现实主义的那种，六十多岁还四处游荡的暮年荷兰嬉皮士才能够想出来的那种艺术节。

我在美国做了几个月的驻地艺术家，很高兴能够离开。阿姆斯特丹不是以色列，但很接近我喜欢的那种地方，所以我同意飞到那儿过几天。我作为一个黝黑的有着中东口音和中东护照的外国人，知道艺术节之后我还得回美国挨上更苦恼的两个月，我更加迫切地想要这次休整。

电子机票那时候还不普及，友好的主办方写信告诉我，我的机票会在机场的荷兰皇家航空公司柜台等着我。柜台后面那个不客气的女人坚持说没有我的票。我略微震惊了一会儿。我打电话给荷兰的艺术节主办者，他用愉快但睡意蒙眬的声音接了电话。他说很高兴听到我的声音，之后他想起来忘记给我寄机票了。“真糟糕，”他说，“我的即时记忆不如从前了。”他建议我在机场买票，着陆后找他报销。我告诉他这样的机票可能很贵，他说：“伙计，你就别操心这个了。那该死的票即使卖一百万，你也买吧。你明天有一个很酷的活动，我们需要你在场。”

那个苦瓜脸女士给了我经济舱中间的一个座位，要价两千四百美元，不过我没讲价。一个很酷的活动以及我钟爱的妻子——那时还是我钟爱的女朋友——正在阿姆斯特丹等着我。我知道自己必须上飞机。航班已经满员，乘客们看上去都有点儿焦虑和紧张。我知道这次飞行不会很顺利，但我发觉自己的位子上坐着个胡子拉碴、胳膊上有文身、戴着墨镜、看上去像“ZZ 托普”乐队里那肥胖邪恶的大哥的人，两边是一个修女和一个戴眼镜的中国人时，这次飞行显得更加困难。

“不好意思，”我有点儿腼腆地对那个胡子男说，“你坐在我的位子上了。”

“是我的位子，”胡子男说，“滚开。”

“但我的登机牌上写着，这是我的位子，”我坚持道，“你看。”

“我才不看，”胡子男对我伸出的手视而不见，“我告诉你，这是我的位子。滚远点儿。”

于是我叫空乘过来。她成功地让胡子男配合了一下，然后发现情况是，由于电脑错误，我们俩各拿了一张写着相同座位的登机牌。空乘以官方口吻说，由于本次航班已经满员，我们两个人中有一个必须下飞机。

“我觉得我们应该抛硬币。”我对胡子男说。事实是，我打算死都要死在飞机上，但抛硬币似乎是公平解决这一恼人问题的唯一办法。“我才不抛硬币呢，”胡子男说，“我坐在自己的位子上。你站着。快下去。”

就是那时，我觉得自己超负荷的脑回路终于要爆炸了。“我不会下飞机。”我对说我们妨碍了整架飞机旅客的空乘说。“我要求你现在就下飞机，”她冷冰冰地说道，“否则我只能叫保安。”

“叫保安吧，”我用哭腔说道，“叫保安来把我拽下去。这只会让我要求你们公司赔偿的数额后面多加几个零。我为这张机票花了大价钱，我拿到了登机牌，我上了飞机，事情结束了。飞机上如果没有足够的位子，你们可以自己下去。我来给乘客送餐好了。”

空乘没叫保安。代之出现的是一位白发蓝眼睛的机长。“我不准备下飞机，”我告诉他，“你们如果强迫我下去，我会起诉你们每一个人。你们每一个人，你听见我的话了吗？你知道，这里是美国。因为比这小的事都能拿到一大笔赔偿费。”在那一瞬间，本该显得特别有威胁性的我哭了起来。“为什么你非要去阿姆斯特丹不可呢？”他问，“你的家人病了吗？”我摇了摇头。

“那是因为什么，姑娘？”

我点点头。“但她不是主要原因，”我说，“主要原因是我不能再在这儿待下去了。”机长沉默了一会儿，然后问：“你坐过弹跳座椅吗？”我勉力控制住自己的泪水，说“没有”。

“我事先警告你，”他笑着说，“那种椅子十分不舒服。不过它会带你离开这儿，还会让你有好故事可讲。”

他是对的。

男孩们不哭

我儿子列维抱怨说，他从来没见过我哭。他见他妈妈哭过几次，他妈妈经常在给他念故事的悲惨结局时哭。他曾见过他奶奶哭：在他三岁生日那天，他告诉奶奶，他许的愿是希望爷爷好起来。他还见过他的幼儿园老师在接到通知她父亲去世的电话时哭了。我是他认识的唯一没哭过的人。这整件事让我不太舒服。

父母本该会做、但我做不来的事情有许多。列维幼儿园里满是每次有什么东西坏了就从汽车后备厢里拖出工具箱、汗都不出就修好秋千或水管的父亲。我儿子的父亲是唯一一个从来不曾从汽车后备厢里拖出工具箱的人，因为他没有工具箱，也没有车。他即使有这些东西，也不知道如何修理任何东西。这种父亲，一个艺术家，没人指望他技术流，但他至少该知道怎么哭。

“我不是气你不哭哦，”列维说，把小手放在我的胳膊上，好像感觉到了我的不安，“我只是想要弄明白为什么。为什么妈妈哭而你不哭。”

我告诉列维，我在他那个年纪时，每件事都能让我哭：电影啊，故事啊，甚至生活。街上的每个乞丐，每只走失的猫儿，每只被穿坏了的拖鞋，都能让我流泪。我身边的人觉得这是个问题，因而在我过生日时，他们买了本教小孩不哭的童书给我。书里的主人公常常哭，直到他遇见一个想象中的朋友，这个朋友建议他每次快哭出来时，把眼泪用作做其他事情的动力：唱个歌，踢踢球，跳个舞。我大概把这本书读了五十遍，按照这本书教的方法一遍遍练习，直到我不用做出任何努力就可以不哭。如今我对此太习惯了，都不知道怎么停下来。

“所以，你还是个小孩时，”列维问，“每次想哭就唱歌？”

“不，”我勉强承认，“我不会唱歌。所以大多数时候，我觉得眼泪要出来时，就打人。”

“太奇怪了，”列维用同情的口吻说，“我通常开心了才打人。”

最适合在这个时刻做的事情似乎是从冰箱里给拿点儿奶酪棒来。我们坐在客厅里，静静地啃着。父亲和儿子。两个男人。你这时如果来敲门，客气地问我们一声，我们会给你一根奶酪棒，但你如果做了别的事情，让我们悲伤或开心了，那你很有可能就会有点儿不好过啦。

第六年

没有什么可失去时，怎么样都是赚了

我有个好父亲。我知道自己很幸运，不是每个人都有个好父亲。上周，我陪他去医院做很常规的检查。医生们告诉我，他要死了。他舌根部位的癌症已到晚期。回天无力。癌症于几年前降临在我父亲身上。医生们那时是乐观的，而他的确击败了疾病。

这次，医生们说有几种选择。我们什么也不做，我父亲在几周后死去；他接受化疗，化疗如果起作用，他能多活几个月；他们也可以给他做放疗，不过放疗的伤害可能大过助益；他们还可以动手术，摘除他的舌头和喉咙。这将是个耗时超过十小时的复杂手术，医生们考虑到我父亲年事已高，认为这不是个可行选择。不过父亲喜欢这个主意。“我都到这个年纪了，不需要舌头啦，只要头上有眼睛，心脏在跳动就行了。”他这样告诉那个年轻的肿瘤专家，“最糟糕的情况不过是，我不能亲口说出你有多漂亮了，而是得把这句话写下来。”

医生脸红了。“手术如果成功，你不光是不能说话，还要面临手术创伤，”她说，“还要遭受痛苦，接受康复治疗。这会是对你生活质量的一次巨大打击。”

“我热爱生活，”父亲固执地对着她笑，“生活质量好，最好不过。如果不好，就不好呗。我没那么挑剔。”

我们坐出租车从医院回家。在车里，父亲抓着我的手，好像我回到了五岁。我们得穿过一条繁忙的街道。他兴奋地谈着各种治疗方案，就像一个企业家谈论各种新的商业机遇。父亲是个商人。不是穿三件套西装的企业大亨，只是个喜欢买卖的平常人。他如果不能买或卖，就租进或租出。对他来说，生意是与人会面、交流、筹谋的方式。他去书报亭买包烟，十分钟之内就可能跟柜台后面的家伙聊起一个合作项目。“我们现在遇到了一个非常理想的情况，”他抚摸着我的手，十分认真地说，“我喜欢在事情到谷底时做出决定。现在的情况太恶劣了，我只能向前看：做化疗，要不了多久就完蛋；做放疗，下巴全烂光；每个人都确定我会在手术中死掉，因为我已经八十四了。你知道我有多少地块是在这种情形下买来的？原先的业主不想卖，而我口袋里一个子儿也没有的时候。”

“我知道。”我说。我确实知道。

我七岁时，我们搬家。我们的旧公寓也在那条街上，我们都很爱它，但父亲坚持要搬到一个更宽敞的地方。在“二战”期间，我爸爸和他的父母，还有其他一些人，在波兰小镇的一个地洞里藏了将近六百天。洞太小了，他们不能在里面站着或躺下，只能坐着。俄国人解放了那个地方后，只能把我父亲和我祖父母架出来，因为他们自己已经动不了了。他们的肌肉萎缩了。在洞里度过的时光让他对隐私很敏感。哥哥、姐姐和我在同一个房间里长大让他抓狂。他希望一家人搬到一套每人都有自己房间的公寓。我们小孩其实喜欢共住一间房，不过父亲打定主意后，就没有回旋的余地了。

我们打算搬离已经被他出售的老公寓之前几周的一个周六，他带我们去看新房子。我们都洗了澡，穿上最好的衣服，虽然我们知道我们并不是去那儿见任何人。不过，我们毕竟不是每天都能见到新公寓。

公寓已经竣工，但还没有人住。父亲确认我们都进了电梯后，按下五楼的按钮。那幢楼是整个街区唯一有电梯的房子，电梯短暂的上升过程令我们震撼。父亲打开新公寓坚固的铁门，引领我们参观房间。儿童房，主卧，最后是起居室和超大的阳台。视野太美了，我们每个人，尤其是父亲，都对这个即将成为我们新家的神奇宫殿感到狂喜。

“你们见过这样的景色吗？”他抱着母亲，指着从起居室窗户可以望见的绿色小山。

“没见过。”母亲勉强回答。

“那你为什么是一张苦瓜脸？”父亲问。

“因为没有地板啊。”母亲低声咕哝，低头看着我们脚下的尘土和裸露在外的金属管。直到这时，我才随着哥哥和姐姐一起低头，看到母亲所看到的景象。我的意思是，在这之前，我们已经发现没有地板，但是因为父亲的兴奋和热情，我们都没太在意这个事实。此时，父亲也跟着朝下看了。

“抱歉，”他说，“没有多余的钱了。”

“我们搬过来以后，我是要刷地板的，”母亲用非常平常的口气说，“我知道怎么刷瓷砖，但不知道怎么刷沙子。”

“你说得对。”父亲说，试图拥抱她。

“我说得对这个事实不能帮我把房间打扫干净。”母亲说。

“好了，好了，”父亲说，“你要是不再抱怨这件事，让我安静一会儿，我就能考虑考虑这个问题。你懂的，是吧？”母亲毫无把握地点点头。电梯下行时，欢乐气氛少多了。

我们几周后搬进新公寓时，地面全铺上了瓷砖，每个房间地上的瓷砖的颜色都不一样。在二十世纪七十年代前期的社会主义以色列，瓷砖只有一种颜色——芝麻色——而我们公寓地上的瓷砖是彩色的：红色、黑色、棕色，我们从没见过这样的瓷砖。

“看见了吗？”父亲自豪地亲吻母亲的额头，“我告诉过你，我会考虑这件事的。”

只过了一个月，我们就发现他是怎么想办法的。那天我一个人在家洗澡，一个穿着领尖有纽扣的白衬衫的灰发男人带着一对年轻情侣进了浴室。“这些是我们的‘火山红’瓷砖。直接进口自意大利。”他指着地板说。那个女人首先注意到一丝不挂、满身打着肥皂的我正盯着他们。他们三个人迅速道歉，离开了浴室。

那天吃晚饭时，我告诉每个人发生了什么事，父亲这才坦承他的秘密。他没钱买瓷砖，就和瓷砖公司达成交易：他们免费给我们贴瓷砖，而父亲让他们把我们的公寓当作展示瓷砖的样板间。

出租车已经到了我父母住的大楼。我们下车时，父亲依然握着我的手。“我就喜欢在这种情况下做决定。没有什么可以失去时，怎么样都是赚了。”他重复道。我们打开公寓门，愉快、熟悉的气息扑面而来，上百种颜色的瓷砖，以及强有力的希望。谁知道呢？生活和父亲这一次也许会达成另一项让人意想不到的交易，令我们惊讶不已。

在外过夜

关于我神经质的性格，我好多年前就觉察到了一个有趣的现象：我答应还是不答应某件事，直接取决于时间的远近。比方说，我今天可能会礼貌地拒绝妻子叫我给她倒杯茶这一合理要求，但爽快地答应明天去食品店买东西。帮直系亲戚搬去新公寓，如果日期距今一个月左右，我毫无疑问会自愿帮忙；而我们讨论的如果是六个月之后的事情，我甚至愿意一丝不挂地和一只北极熊摔跤。这种性格特征中唯一要命的问题是，随着时间不断向前推进，最终，你发现自己站在北极冻土上瑟瑟发抖，面对一只全身白毛、露出牙齿的熊时，你不禁多么希望自己半年前断然拒绝了这档子事啊。

我上一次去克罗地亚的萨格勒布，是去参加一个作家节，我没跟哪一只北极熊摔跤，但也差不多了。在去旅店的路上，我跟作家节的组织者罗曼对行程表，他漫不经心地向我丢了句话："我希望你别忘了你答应过参加我们的文化项目，今晚在当地的博物馆待一晚。"事实上，我完全忘了这码事，更准确地说，我把这段记忆完全压住了。之后，在旅店里，我看见自己七个月前收到的一封电子邮件。他们问我是否愿意在作家节期间在萨格勒布当代艺术博物馆住一夜，并写写此次经历。我的回答只有几个字：为什么不？

不过现在，我坐在萨格勒布舒适宜人的旅店房间里，构想出一幅场景：我在封闭、幽暗的博物馆里，躺在一个生锈的、坑坑洼洼的金属雕塑旁，盖着一条从衣帽间入口处拽下来的破破烂烂的遮帘。一个相反的问题映入脑海：为什么要答应？

文学活动结束之后，我和其他参加者围坐在当地酒吧的一张木桌子边。快午夜时，罗曼的助手卡拉说，我差不多该跟各位说再见了。我必须去博物馆。作家们有些已经微醺，站起身跟我来了场颇具戏剧性的告别。那个强壮的巴斯克作家轻轻地拥抱我，说“希望明天能见到你”；一个德语译者跟我握手后立即擦眼泪，不过她也可能只是在调整隐形眼镜。

博物馆的夜间保安不会说一点儿英语，更别谈希伯来语了。他带我穿过一个个黑暗的大厅，到了一个侧楼的电梯前，电梯带我们往上来到一楼，那儿有个漂亮、宽敞的房间，房间中央有张整洁的床。他做了个手势，我猜他的意思是我可以在博物馆里自由走动。我点点头，谢了他。

保安一走，我马上上床，试图入睡。我还没从一早的飞行中缓过来，而我在活动后喝的啤酒又使我没法保持警醒。我的双眼想闭上，但大脑中的一部分拒绝服从。我在一生中能有几次机会在空空荡荡的博物馆里四处走动？不溜达一下实在太浪费了。我起了床，穿上鞋子，乘电梯下了楼。博物馆并不大，但在黑暗中很难辨清周围的方向。我穿过画作和雕塑，试图记住它们，希望能把它们当成标记，找到回到电梯那儿的路，回到那张舒服的床上。过了几分钟，恐惧和疲劳消失了一点，我不仅能够把展品看作标记，还能把它们当成一件件艺术品了。我发现自己在大厅中绕圈子。我总是回到相同的地方。我坐在一幅眼神似乎直入我心的迷人少女的巨大照片前。照片上潦草涂写的文字引用了一个一九九四年被送至波黑的联合国军队的无名荷兰士兵喷写的涂鸦：

没有牙齿……

一撇小胡子……

闻起来像屎……

一个波斯尼亚女孩！

这件强有力的作品让我想起那天下午在萨格勒布一

条小街的咖啡馆听到的一件事。一个侍者告诉我，战争期间，来咖啡馆的人想点咖啡时，在选择词语上碰到了困难。“咖啡”这个词，他解释道，在克罗地亚语、波斯尼亚语和塞尔维亚语中是不一样的，哪个无辜的词语都充满具有威胁性的政治意味。“为了避免麻烦，”他说，“人们开始点 espresso[①]，这是个中性意大利语词。一夜之间，我们不再卖‘咖啡’了，只卖 espresso。”

我坐在画作前，想着词语这件事，想着我出生的地方和身处的地方的排外主义及仇恨心理，直到我发现太阳升起。夜晚已经结束，我没能享受保安为我铺好的豪华而柔软的床。

我从自己一直坐的展厅一角站起来，对画中的美丽女孩说再见。在日光下，她看上去更美了。已经是早晨八点，我走向出口，第一个参观者此时正在保安的指引下进来。

---

① 意大利浓缩咖啡。

公园之惑

我还是个小男孩时，父亲带我去看我们家的一个朋友，那个朋友丢了根手指。那个男人看见我盯着他只有四根手指的手，就告诉我他曾经在一家工厂工作，一天，他的手表掉进机器里，他本能地伸手进去捞手表时，利刃切断了他的手指。

“那真是刹那间的事情，”他叹气说，“大脑告诉手臂最好不要探进那台机器时，我已经只剩下九根手指了。”

我记得自己当时听得很认真，还试图做出悲伤的神情。但我脉搏深处强烈的自信告诉我，这类事可能会发生在不走运的陌生人身上，但绝不可能发生在我身上。

“我如果有块手表掉进了满是利刃的机器，”我自忖道，“我绝不可能蠢到想伸手进去捞手表。”

几周前的一天早上，妻子和我告诉我们快满六岁的儿子列维，我们全家人要去巴黎旅行时，我又想到这个故事。妻子兴奋地谈论埃菲尔铁塔和卢浮宫，而我咕哝着关于蓬皮杜艺术中心和卢森堡公园的一些事。列维只是耸耸肩，倦怠地问我们是否可以用埃特拉[1]替代巴黎。“去那儿就跟出国一样，”他摆出理由，“除了每个人都讲希伯来语。”

随后，那一刻到来了，我将为之付出高昂代价的一刻。这类错误诚然不会让你丢手指，但会造成永远不能愈合的感情上的伤害。

“你听说过欧洲的迪士尼乐园吗？”我兴高采烈地问道，近乎歇斯底里。

“欧洲的什么？”列维问，“那是什么？”

妻子立刻以条件反射和生存本能一样的速度插嘴。“哦，没什么，”她说，“只是个地方——你知道，又远又傻。快来，我们看看网页上埃菲尔铁塔的照片吧。”

但列维已经被吊起胃口：“我不要看埃菲尔铁塔。我想看看爸爸刚才说的地方。”

那个下午，孩子去卡波卫勒舞蹈班[2]——他们花了两年时间教他如何熟练地用一脚巴西式舞步踢他的同伴——我靠近妻子，请求原谅：“他好像对这次旅行一点都不感兴趣，我只是想逗他开心。”

“我知道，”她说，热情地拥抱我，“别担心。我们将

① 以色列海港城市。

② 卡波卫勒舞，一种把民间舞蹈和自卫动作结合在一起的巴西舞蹈，源于非洲。

要面对的不管是什么，都会很快过去的。那一天无论多可怕，都只不过是我们余生中的短短一天而已。”

两周后，一个阴沉、潮湿的星期天早晨，我们发现自己在如今叫“巴黎迪士尼乐园”外的广场上颤抖。穿着喜气洋洋的制服的工作人员阴沉着脸，用身体挡住我们，不让走向游乐设施。“目前只允许迪士尼酒店的客人和持有迪士尼护照的旅客进入，护照在售票处有售。”其中一个工作人员用艾米·怀恩豪斯[①]般嘶哑、忧郁的声音解释道。

“我好冷，”列维呜咽道，“我好希望那位太太让我们进去。”

“她也没办法呀。”我说，往他的鼻子上呵暖气，感伤地试图融化挂在他鼻孔上的冻住的鼻涕。

“但那些小孩都进去了，”他大哭起来，指着一群向怀恩豪斯女士兴高采烈地挥舞着米奇护照的孩子，“为什么他们能进我不能进？”

我用严肃但不太恰当的语气回答他：“记得今年夏天我们讨论过的社会抗议问题吗？一个关于不是每个人都能获得平等权利的话题？”

“我想要米奇！”我儿子发出哀鸣，“我想和米奇谈

---

① 艾米·怀恩豪斯（1983—2011），第一个获得五项格莱美奖的英国女歌手。因饮酒过量而早早离世。

谈这个问题。他和布鲁托如果知道那个太太做的事，会让我们进去的。”

“米奇和布鲁托其实并不存在，”我说，“而且他们即使存在，一只老鼠和一只狗又怎么可能影响一个生意兴隆的公开上市公司的利益最大化政策？”

“爆米花！”我儿子号叫起来，“我要爆米花！那个胖女孩在那边吃的那种夜光爆米花！”

在列维吃了两盒黏得非比寻常、到了晚上将会变成夜光屎的爆米花后，“怀恩豪斯”让我们和另外一千多个绝望的家庭进去了，我们所有人都冲向游乐设施。我那奉行和平主义的妻子为了避免践踏一个正哇哇大哭的婴儿，略微避开一步，使得我们多花了二十分钟时间等着坐旋转木马上的小飞象。我们排在其中时觉得队伍看上去很短。这个地方的了不起之处可能就在这里：让队伍蛇形迂回，用这个方法使队伍看上去总是很短。我们等待时，我在苹果手机上读了几条关于华特·迪士尼的有趣花边新闻。我上的网站宣称，跟传说相反，迪士尼不是纳粹分子，他不过是个寻常的反犹分子，特别喜欢德国人。

在令我们晕头转向的迷宫般的队伍周围，散布着一些长出小树苗的装饰石。列维抱怨那些迷你树臭兮兮的。起初，我跟他说那是他的臆想，但我第三次看到有父亲把儿子抱到装饰石上让儿子尿尿时，我意识到是同一个上帝赐予了乐园设计者卓越先见的建筑智慧，也赐予了我儿子敏锐的知觉。现在稍微暖和一点儿了，列维的鼻涕恢复液体状。我妻子派我去找点纸巾来。我快速溜了一圈，发觉任何你要花钱买的东西，都能在公园里轻易获取，但那些非盈利的东西，像卫生间啊、吸管啊、纸巾啊，你永远不可能找得到。我回到家人身边时，列维已经欢欣鼓舞地从小飞象上爬下来。他跑过来拥抱了我。

“爸爸！太好玩了！”在这个时候，一个巨大的米老鼠正好突然出现了，开始和游人聊天。

“告诉米奇，”列维指示我，“我们想在以色列开个这样的谢克尔迪士尼。”

“谢克尔迪士尼是什么？”我问。

“和这里一样的一个地方，但不收欧元，我们收谢克尔。”我的金融小子解释道。

米奇走近一些。现在他在我们触手可及的范围内。我朝他的方向甩了句法语的“你好”想打破沉默。“欢迎来到巴黎迪士尼！”米奇用英语回答，向我们摆出戴白手套、只有四根手指的手。

事 故

“我开出租车十三年了，”坐在方向盘后面的小个儿告诉我，“十三年行车无事故。”从我在贝尔谢巴上他的出租车，已经快过去一小时了，他的嘴一秒钟都没停过。在其他情况下，我会让他闭嘴，但我今天没精力这么做。在其他情况下，我不会甩出三百五十谢克尔打车回特拉维夫，我会乘火车。但我今天觉得自己必须尽快回到家，就像一根正在融化的棒冰必须回到冰箱，像一部手机急着充电。

我和妻子昨晚是在伊之洛夫医院度过的。她流产了，还大出血。我们一开始觉得问题不大，但她后来昏了过去。我们一到急诊室，医生就告诉我们她有生命危险，还给她输了血。就在这事情发生几天前，我父亲的医生们告诉我和我父母，他舌根位置的癌症又复发了，唯一的治疗方法是切除他的舌头和咽喉。肿瘤医生不推荐这种手术，但我父亲赞成。“在我这种年纪，”他说，“我只需要心脏和眼睛，来享受看着孙辈成长的乐趣。”我们离开诊室，医生对我耳语：“试着和他谈谈。”她显然不了解我父亲。

出租车司机重复了几百遍他在十三年中没有发生过一起行车事故，但突然之间，五天前，他的车“吻”了在他前面以每小时二十公里速度行驶的汽车的保险杠。他们停车检查时，他看见除了保险杠左侧的一条刮痕，车的其余部分根本没受任何损伤。他立刻提出给对方司机两百谢克尔，但那个司机坚持要交换保险信息。第二天，那个司机，一个俄罗斯人，叫他去一家汽车修理厂，他和汽修厂老板——可能是那人的一个朋友——向他展示了一个一直延伸到汽车另一侧的巨大凹陷，还说修理费是两千谢克尔。出租车司机拒绝赔付，现在另外那个司机的保险公司正在起诉他。

“别担心，会没事的。”我告诉他，希望我的话能让他闭嘴几分钟。“怎么会没事呢？”他抱怨道，“他们打算压榨我。那些杂种想从我身上挤出钱来。你明白这有多么不公平吗？我五天来一直没睡好。你明白我在说什么吗？”

“别想这些事了，”我建议道，“想想你生活中的其他事情。那些开心的事情。”

“我不能，”出租车司机苦着脸呻吟道，“我就是不能。”

“那就不要再跟我说这些了，”我说，“你继续想，继续忍受，但就是别再对我说一句了，好吗？”

“不是钱的问题，”出租车司机继续说道，“相信我。我碰到的这事不公平。”

“闭嘴！”我终于失控，“你少说几句吧。”

“你吼什么呀？”出租车司机受了侮辱似的问道，“我是个老年人。这样不好。”

“我对你吼是因为我父亲马上就要死了，他们如果不从他的嘴里切了他的舌头的话，”我继续吼道，“我对你吼是因为我妻子流产了，进了医院。”从我进出租车后，司机第一次沉默了，我突然成了那个停不下嘴的人。

“我们来做个交易，”我说，“载我去最近的银行取款机，我取两千谢克尔给你。作为交换，你父亲去接受舌头切除手术，你妻子流产，躺在医院里接受输血。”司机继续沉默。现在，我也沉默。我因为对他大叫而有点儿过意不去，但又没过意不去到想要向他道歉。为了避免接触他的目光，我看向窗外。我们走过的路牌上写着“罗斯艾因城”，我意识到我们错过了特拉维夫出口。我是礼貌地告诉他的，还是生气地朝他大叫的，我一点儿也不记得了。他告诉我不用担心。他不认识确切的路，但他很快就会找到路的。

几秒钟后，他在高速公路的右边车道停车，设法说服另一个司机停车。他走出出租车，问去特拉维夫怎么走。“你会把我们俩都害死的，”我告诉他，“你不能在这儿停车。”

“我当了十三年出租车司机，”他回敬我一句，走出出租车，“十三年行车无事故。”我一个人坐在出租车里，能感到眼泪涌出眼眶。我不想哭，不想自怨自艾。我想积极一点儿，就像父亲。我妻子现在好点儿了，我们已经有了一个很棒的儿子。我父亲从大屠杀中幸存，还活到了八十三岁。他的人生不是半满的玻璃杯，而是玻璃杯里的水快要溢出了。我不想哭，不想在出租车里哭。但泪水涌出眼眶，很快就会流淌成河。我突然听到尖利的轰隆声，以及车窗碎裂的声音。我周围的世界四分五裂。一辆银色轿车猛然变道，穿过旁边车道，彻底撞烂。我坐的出租车也动了，不过不是在地面上动，而是朝路另一边的混凝土墙飘过去。它撞上混凝土墙之后，也发出砰的一声巨响。肯定有辆车撞到了出租车。

在救护车中，一个戴圆顶小帽的救护人员告诉我，我非常幸运。这样一场事故中没人身亡实属奇迹。“你一出院后，”他说，“应该立即奔去最近的犹太教堂，为你仍然活着而感恩。”我的手机响了。是我父亲。他只是打来问问我今天在大学里过得怎样，还有小东西是不是睡了。我告诉他小东西正在睡觉，我今天在大学里好极了。我妻子希拉也很好。她刚进浴室洗澡。“怎么那么吵啊？”

他问。

“是救护车的警笛声，”我告诉他，“一辆救护车刚从街上过去。”

五年前，我和妻子、儿子在西西里岛时，我打电话给父亲，问他怎样。他说一切都好。背景中，一个声音在广播喇叭中呼叫舒尔曼医生到手术室。“你在哪儿？”我问。“在超市里，”我爸爸毫不犹豫地说，“他们在喇叭中广播有人丢了钱包。”

他的声音非常笃定。那么自信，那么开心。

“你怎么哭了？”爸爸现在在电话另一头问。“没事，”我说这话时，救护车在急诊室病房前停下，救护员猛地拉开救护车的门，“真的没事。”

给我儿子的一撇小胡子

我儿子列维过六岁生日前，我们问他是否想让我们做什么特别的事情。他给了我和妻子一个略微疑惑的表情，问我们为什么必须做些特别的事情。我告诉他，我们不是必须做特别的事，但人们通常会在过生日时做些特别的事情，因为那是特别的一天。列维如果有什么想做的事，我解释说，比如装饰一下房子啊、烤个蛋糕啊、或是去个我们平常不太去的地方玩啊，他妈妈和我会很乐意满足他。他如果没有什么特别想做的事，我们就像平常那样度过这一天。这由他做主。列维聚精会神地盯着我看了几秒钟，然后说："我想让你在你的脸上做点儿特别的事情。"

小胡子就是这样诞生的。

小胡子是种毛茸茸的神秘生物，比他的大哥大胡子神秘多了，它清楚地意味着不幸（服丧，寻找信仰，在荒岛上孤立无援）。留小胡子会让人朝着德国色情明星"标杆"伯特·雷诺兹、奥玛·沙里夫[①]、巴沙尔·阿萨

---

① 奥玛·沙里夫（1932—2015），埃及演员，出演过《阿拉伯的劳伦斯》，凭借此片获得奥斯卡最佳男配角提名。

德，总之是七零后阿拉伯裔这个方向一路联想。所以，你的某个老熟人第一次看到你的小胡子时，他不会再说“最近怎样”“家里如何”“工作有什么新进展吗”之类的套话，而是理所当然地问：“你干吗留小胡子？”

我留起小胡子是在妻子流产十天后，我自己在一场车祸中伤了背一周后，我父亲被查出患了不可手术的癌症两周后——没有比这更合适的时间了。我不用谈父亲接受化疗或妻子接受输血的事情，可以把闲聊的话题转移到我上唇厚密的毛丛上。任何时候有人问我“干吗留小胡子”，我都有个完美的答案，而且答案几乎完全是真的：“是为了我儿子。”

小胡子不仅是转移话题的好道具，还是出色的气氛调节剂。令人惊异的是，许多人在一张熟悉的脸中央看到一撇小胡子时，都乐于分享他们私家的小胡子故事。我就是这样得知给我治疗新背痛的针灸师曾经是以色列精英自卫队的军官，他曾经不得不在脸上画一撇小胡子。“听上去像个笑话，”他说，“我们有一次去当卧底，伪装成阿拉伯人，关于伪装，他们告诉我们，最重要的两点是小胡子和鞋子。你如果留着令人尊敬的小胡子，穿着值得信赖的鞋子，人们就会把你当作阿拉伯人，即使你的父母都是从波兰来的。”

他对卧底的事记得很清楚。那是在黎巴嫩，他们在旷野中行进。他们注意到不远处一个戴着阿拉伯头巾的男人正朝他们移动。他肩上挂着武器。他们匍匐在地。他们得到的命令很清楚：如果他们遇见的人端着卡拉什尼科夫冲锋枪，那就是个恐怖分子，他们必须立刻射击；如果他们遇见的人拿的是猎枪，那很可能只是个牧羊人。

我的针灸师听到他团队中的两个狙击手在步话机中争论。他们中的一个声称他可以从枪托看出那是中国制造的卡拉什尼科夫冲锋枪。另一个说那枪太长了，不可能是卡拉什尼科夫冲锋枪——他认为那是老式非自动猎枪。那人离他们越来越近了。第一个狙击手继续请求准许开火。另一个狙击手保持沉默。我的针灸师趴在那儿汗出如浆：一个画着小胡子、拿着双筒望远镜的不知所措的二十岁男孩。他的中尉在他耳边低语，如果那真是恐怖分子，他们必须在他发现他们之前开枪。

就在那时，那个正朝他们走过来的人停住脚步，转过身去撒尿。我的针灸师现在能轻松地从双筒望远镜中看到，那个人拿的是一把很大的伞。

“好了，”针灸师一边说，一边从我的左肩拔出最后一根针，“你现在可以穿衣服了。”我扣上衬衫、看着镜子，那撇小胡子在镜子中看上去那样不真实，就像我刚才听到的故事。在故事中，一个孩子在一次看起来像战争的秘密行动中，涂了几笔看着像小胡子的画，差点儿杀了一个人，那人带着一把看上去像枪的伞。我或许很快就会把这小胡子刮掉。小胡子在这儿就和现实一样令人困惑。

情缘威士忌

八年前，我的父母在略微痛苦的情况下庆祝他们结婚四十九周年纪念日。我父亲鼓着两腮，坐在庆祝宴会的餐桌前，嘴里好像藏着坚果，一脸愧疚表情。“他种了牙之后，看上去就像只诡计多端的松鼠，”我母亲恶声恶气地说，“不过医生承诺，一个星期后就好了。”“她现在可以放心地这样说话，”父亲指责道，“因为她知道我现在没办法咬她了。不过别担心，妈妈。我们松鼠记性好着呢。”父亲为了证明自己记忆力好，一下子追溯至五十年前，告诉我和我妻子，他和母亲是怎么相遇的。

我父亲那时二十九岁，干着给大楼安装电气设施的工作。他每次完成一项工程，就拿着薪水，纵情享乐两个星期。随后他躺在床上休养两天，再去接新的工程。在某次狂欢中，他和一群朋友去了特拉维夫沙滩那边的一家罗马尼亚餐馆。东西不怎么好吃，但酒水还成，而且吉卜赛乐团的表演棒极了。父亲在他的朋友们烂醉如泥被送回家后，还久久聆听着音乐家们的忧伤旋律。最后一个客人离开了，年长的店主坚持要打烊，父亲仍拒绝离开那支乐团。那晚父亲凭借一些恭维的话语和金钱，说服那些吉卜赛人充当他的私家乐团。他们跟着他一路沿着沙滩漫步，演奏曼妙的音乐。我酩酊大醉的父亲不可遏制地起了尿意，所以让他的私人乐团演奏欢快的曲调，应和这一渗透性事件。随后他对着附近的墙做出人们在过度饮酒后都会做的事情。“每件事都很完美，”他说，松鼠般的脸颊上荡漾着笑意，“音乐，风景，轻柔的海风。”

几分钟后，欢欣被一辆警车打断。警察来逮捕我那打破宁静、未得许可进行示威的父亲。原来，他选来撒尿的地方正好是法国大使馆的西墙，使馆安保人员以为一个男人在一队欢乐的吉卜赛乐手的伴奏下撒尿是一种创造性的政治抗议行动。他们立刻给警察打了电话。警察推着我爸进了警车的后座，他挺愉快地配合他们。座位又软又舒服，父亲在玩乐了大半夜之后，很高兴有机会打个盹。那群吉卜赛人则不像我爸爸那般配合，他们很顽固，拒绝被捕，强烈声明他们没做任何违法的事情。警察试图把他们推进车，在争斗中，一个乐手的宠物猴咬了警察的头儿。他回以一声大吼，吵醒了我爸爸。我爸爸就像任何一个好奇的人一样，下车看看发生了什么事。在车外，他看见警察和吉卜赛人正在进行一场有点儿滑稽的战斗，在他们身后，好几个好奇的路人停下旁观这场难得一见的表演。一个漂亮的红发姑娘站在其中。

父亲即使通过朦胧醉眼，也能看出这是他见过的最光彩夺目的女人。他从口袋里拿出电工用的便签本，取下总是夹在右耳上的铅笔，走到母亲身边，自称调查员以法莲，问她是否是这场事件的目击者。母亲受了惊吓，说她只是碰巧路过，但父亲坚持要记下她的详细信息，以便之后再问她问题。她给了父亲地址。调查员以法莲还没来得及说出其他话，两个气疯了的警察就跳到他面前，把他铐起来，拖进了车里。“我们再联系。”他从开动的车里乐观地朝母亲大喊。母亲在回去的路上一直害怕得发抖，然后告诉室友，一个连环杀手狡猾地哄她说出了地址。第二天，父亲来到母亲门前，头脑清醒，还捧着一束花。她拒绝开门。一周后，他们去看了一场电影。一年后，他们结婚了。

五十年过去了。调查员以法莲不再从事电气工作，母亲也已很久没有室友。不过在结婚纪念日这样的特殊场合，父亲从橱柜里拿出一瓶特殊的威士忌，就是早已关门的罗马尼亚餐馆提供的那种，给每个人倒上一杯。“医生说第一周只能吃流质，她指的是汤，不是那玩意。”大家碰杯时，母亲对我耳语道。“当心啦，妈妈。我什么都听到了，”父亲说，往他鼓起的两颊间灌了一口威士忌，“再过十天，我就又能咬啦。”

我们从我父母家出来，坐上出租车。我妻子说，夫妻如何相遇，暗示他们将来会一起过怎样的生活。“我父母，”她说，“相遇时目迷五色，后来就像参加嘉年华一样过日子。”

“那我们呢？”我问。我是在一家夜店迷上我妻子的。她进门时我正准备离开。在那之前，我们仅是泛泛之交。“我正要走呢，”我们在门边擦身而过时，我叫道，想要盖过吵闹的音乐声，“我明天必须早起。”

“吻我。”她大声回答我。我僵住了。我不怎么了解她，但她似乎一直很害羞，因而她提出的这个要求完全出乎我的意料。

“也许我可以再待一会儿。”我说。

一周后，我们成了一对。一个月后，我告诉她，她在夜店门边说的那句“吻我”，是我听到过的女孩说的最大胆的话。她看着我笑了。“我说的是你打不到车。”她说。太好了，我误解了她。

“我们？”妻子在出租车里思考了一会儿，“我们相遇的方式就是我们的生活方式。我们的生活是一个样子，但你总是将它再创造为另一种更有趣的样子。这就是作家的行事风格，没错吧？”

我耸耸肩，觉得她是在轻微地责备我。“我不是在抱怨，”我妻子说，吻了吻我，“从醉酒后在使馆墙上撒尿的家庭传统来说，我可以说是赚到了。”

第七年

沿着父亲的足迹

我原计划那晚从以色列飞往洛杉矶，为新书做巡回推广。但我不想去。

父亲四周前去世了，如果我飞去洛杉矶，意味着我将错过他的落葬仪式。不过母亲坚持要我去。“你父亲也会希望你去的。”这是个很有说服力的论点。父亲的确很想我去。他刚病倒时，我取消了所有旅行计划。他知道，在那些艰难的日子里，我们两个在一起很重要，但我取消行程还是让他很烦恼。

此刻，我想念着他，也想着巡回售书的事和给儿子列维洗澡。我想，我现在最不想做的事就是上飞机。但忙碌起来对我而言也许是好事，我可以花点儿时间想想其他事情。列维感觉到我神游天外。我把他从浴缸里抱出来，给他擦干身体时，他看出这是给他爸爸最后一击的好机会。他大叫一声：“看招！”用头往我的肚子上友好地顶了一下。我的肚子欣然受之，但列维在湿地板上滑跤了，仰面向后摔去，他的头眼看着就要在旧浴缸的边缘着陆。我下意识移动身体，设法及时把我的手放在浴缸边缘，成为缓冲。

列维毫发无损地从这次暴力冒险中逃离，我也是，只是左手手背被划破了一点儿。我们历史悠久的浴缸边缘有些棕色锈斑，所以我必须去附近的诊所打针破伤风。我尽快弄完回来，赶上列维上床的时间。列维已经穿着睡衣躺在床上，非常沮丧。“他们给你打针了？”他问。我点点头。

“疼吗？”

“一点点。”我说。

“这不公平，”列维叫道，“就是不公平！是我闯的祸。我应该被划破，去打针，不是你。你干吗把手放那儿？”

我告诉列维，我这么做是为了保护他。“我知道，”他说，“但是为什么？你为什么想要保护我？”

“因为我爱你，”我说，“因为你是我的儿子。因为父亲必须保护儿子。”

“但是为什么？”列维坚持道，“父亲为什么必须保护儿子？”

我考虑了一会儿才回答。“听着，”我说，抚摸他的脸颊，“我们生活的这个世界有时候很险恶。每个到这世界上来的人，至少有一个人保护，才是公平的。”

“那你呢？”列维问，“爷爷死了，谁来保护你呢？”

我没在列维面前哭。但那天晚些时候，在去洛杉矶的飞机上，我哭了。

本古里安机场航空柜台建议我把小手提箱拎上飞机，但我不想拖着它，所以就把它托运了。飞机着陆后，我等在空荡荡的行李传送带前，才发觉应该听他的。手提箱里没多少东西：内衣，袜子，我朗诵时要穿的几件熨烫过、折叠整齐的衬衫，还有一双我爸爸的鞋子。我原计划带着他的一张照片上路，但不知怎么的，我出于一些毫无逻辑可言的理由，在下楼上出租车前的最后一刻，转而在手提箱里胡乱放了一双他几个月前忘在我家的鞋子。这双鞋子现在可能正在另一个机场的传送带上来回转圈吧。

一个星期后，航空公司把手提箱还给我。我在这一星期中参加了许多活动，接受了很多采访，睡得很少。我对自己说，这是时差综合征造成的，但我必须承认，我在以色列时睡得也不好。我决定洗个长时间的热水澡，庆祝我和行李的感人团聚。我打开手提箱，第一眼看见的就是父亲的鞋子，鞋子躺在一叠烫好的衬衫上面。我把鞋子拿出来，放在桌子上。我拿了一件背心、一条内裤进了浴室。十分钟后，我从浴室出来，发现房间里已是汪洋一片，整个地板被水覆盖。之后留着小胡子、负责酒店设备维护的家伙操着浓重的波兰口音告诉我，水管很罕见地发生了故障。我放在地上的手提箱里的每件东西都湿透了。还好我把牛仔裤脱在了床上，内衣则挂在毛巾架上。

接我去参加活动的轿车将在几分钟后到达，时间仅够我用吹风机吹干一双袜子。但我又发现光有袜子可不行，因为我的鞋子安坐在变成阴暗水池的地板上。司机打了我的手机。他刚刚到达，找不到可以长时间停车的地方，所以想知道我多久能下楼。我瞥到放在桌上的父亲的鞋子，干的，看上去穿在脚上会很舒服。我穿上鞋，系上鞋带。这双鞋非常合脚。

窄 屋

华沙咖啡馆的女招待问我是不是游客。“事实上，”我告诉她，指着附近的十字路口，“我家就在那儿。”我在不懂他们语言的陌生国度有个一米宽的小屋，我拥有它没多久就把它称为“家”，我自己对此都感到很惊讶。但我用来过夜的这狭长屋子确实给我家的感觉。

仅仅三年前，我刚听说这个想法时，觉得这是个恶作剧。当时，我接到一个来电号码未显示的电话。电话另一端的男人操着有浓重波兰口音的英语，自称雅各布·什琴斯尼，是波兰建筑师。

他说：“有一天，我正走在克罗达纳大街上，看到两幢建筑间有个狭缝。那个缝隙告诉我，我必须给你在那儿建所房子。”

“太好了，”我说，努力让自己的声音听上去是认真的，“按照缝隙告诉你的做准没错。”

两周后，我已经把那次奇怪的对话归档到记忆中“不明所以的恶作剧”这个文件夹里了，却又接到什琴斯尼的电话。他这次是从特拉维夫打给我的。他想来找我，和我见个面，因为他觉得，我没把我们上一次的谈话太当真（事实的确如此）。我们在本耶胡达大街的咖啡店相见，他告诉了我更多细节，称要按照我故事的体量来建这所房子：尽可能简约，尽可能小。什琴斯尼看到华沙大街上两幢楼之间没被利用的空间时，觉得必须给我在那儿建所房子。我们相见时，他向我解释了构想：一幢狭长的三层屋子。

我们见过面之后，我带着华沙那房子的计算机模拟图去了父母家。我母亲一九三四年生于华沙。战争爆发后，她和家人进了犹太人隔离区。她还是个小孩子时，就要想办法扶持父母和照顾襁褓中的弟弟。孩子们可以通过对大人来说太小的缺口，逃出隔离区，偷运食品。她在战争中失去了母亲和弟弟。随后，她又失去了父亲，被彻底孤单地留在世上。

许多年前，她有一次告诉我，母亲去世后，她告诉父亲，她不想再挣扎下去了，她不在乎自己是不是也会死。父亲告诉她，她不能死，她必须生存下去。“纳粹，”他说，“想从大地上抹去我们家族的名字，只有你能够使它继续存在。熬过战争，确保我们的名字存在下去是你的使命。让每个走过华沙街道的人都知道这个名字。”不久之后，她父亲死了。战争结束，我母亲被送进波兰的一家孤儿院，然后被转移到法国的孤儿院，又从那儿到了以色列。她挺了过来，完成了父亲要她做的事。她使家族和家族的名字继续存活于世。

我的书在国外出版后，有点令我惊讶的是，我作为一个作家，在波兰和德国更为成功。我的作品与我母亲的生平一致，随后来到法国，也获得了成功。母亲再也没有回过波兰，但我在她出生之国获得成功对她非常重要，比我在以色列获得成功更重要。我记得，她读了我的第一本波兰语作品集后，对我说："你根本不是以色列作家。你是流亡在外的波兰作家。"

令我惊讶的是，我母亲看了那幅图不足一秒，便认出那条街道：将建造窄屋的那个地方，曾经是一座连接一大一小两个犹太隔离区的桥。我母亲为她父母偷运食物时，必须穿越桥上一个由纳粹士兵把守的路障。她知道，纳粹士兵如果发现她携带面包，会当场杀了她。

现在，我正在这儿，在这个十字路口，窄屋不再仅仅是模拟图。门铃处有一个标志，大而骄傲的字体写着"凯雷特之家"。我觉得母亲和我完成了外公的遗愿，我们的名字又一次活在这座几乎没有留下我们家任何痕迹的城市里。

我从咖啡馆回来，有个邻居在门口等我。这个女人年纪比我母亲还大，拿着个罐子。她住在街对面，听说了窄屋的事情，想用她亲手做的果酱欢迎来自以色列的新邻居。我感谢她，向她解释，我只是偶尔象征性地住在这里。她点点头，但并没有真的在听我解释。我从路上拦下的小伙子把她的波兰语翻成英语，没再翻译我的话，用抱歉的口吻说，他认为她没怎么听。我又一次谢了那女人，转身走进房子。她抓住我的手，开始一段漫长的独白。给她做翻译的小伙子几乎跟不上她的节奏。"她说，"小伙子告诉我，"她还是个小姑娘时，有两个同班同学住在离这儿不远的地方，两个小姑娘都是犹太人。德国人入侵这座城市后，她们被迫搬去犹太人隔离区。她们离开前，她母亲做了两个果酱三明治，让她送给她的这两个女朋友。她们感谢了她。她之后再也没见过她们。"

老妇人点着头，好像在证实小伙子用英语说的一切。小伙子说完后，她又补充几句，让小伙子翻译。"她说她给你的果酱，就是她母亲给那两个女孩的三明治上抹的那种果酱。时代变了，她希望他们不会强迫你也离开这儿。"老妇人继续点头，眼中满是泪水。我给她的拥抱一开始吓到了她，但她之后非常开心。

那晚，我坐在窄屋的厨房里，喝着茶，吃着面包片，面包片上的果酱因慷慨而甜蜜，因回忆而酸楚。我吃着，台子上的手机震动起来。我看看屏幕，是我母亲。"你在哪儿？"她用我还是小孩、从朋友家回来晚了时的焦急口吻问我。

"我在这儿，妈妈。"我抽抽搭搭地回答，"在我们华沙的家。"

善良的代价

我妻子说我太善良了，而我则宣布她是一个非常、非常坏的人。我们从住在一起开始，就一直为这个问题严肃地争论。事情从我带着一个将我从大学载回家的出租车司机上楼开始。他憋不住了，要小便。妻子被司机冲马桶的声音吵醒，衣着清凉地走进客厅。瘦骨伶仃的出租车司机从厕所里出来，一边拉拉链一边很礼貌地跟她说“早上好”。她飞快地回了一声“哦！天哪！”奔回卧室。

那瘦子离开之后，争吵立即开始。她说，让一个我们几乎不认识的出租车司机进屋用洗手间太疯狂了。我则说不这样做太刻薄了。毕竟，整个出租车行业的运行是基于乘客的理解尊重。出租车司机整天在街上开着不带厕所的车，她能指望他们去哪里解决问题，在树干里？我们长时间争论的焦点是她声称我疯了，但讨论还是相当文明的。不过我提出反驳她的假设时——绝大多数人也许都会邀请出租车司机用他们的洗手间，除了坏人，比如，像她那样认为这种行为很奇怪的人——分贝提高了。

我们最后列出六个共同的朋友，打算问他们相同的问题，来终止争吵：你曾经邀请过出租车司机进入你家公寓用洗手间吗？如果大多数人回答“有过”，我可以继续邀请司机进我家。如果大多数人回答“没有”，我就不能再这样做。如果是平局，我可以继续邀请他们，但必须因为说妻子是个坏人而向她道歉，并在一周内每天帮她做足底按摩。

我们问了那六个朋友。他们都站在她那边。但是，假设你坐在出租车里，而那个司机真的、真的十分需要用洗手间，你会怎么做？我问了他们每个人。你顾左右而言他？你付车费时说“伙计，不用找零了，继续开，直到你尿裤子”？我直到那时才意识到，我被赋予了独特而完全没有意义的发觉人们何时需要上厕所的能力。对我来说，这类事情清透得就像我妻子一直会撞上去的银行玻璃门那样，而其余人类对他人膀胱的状态完全不敏感。

这事情发生在十一年前，但上周五，我开车去参加在基布兹沙法雅姆举行的暗嫩的婚礼时，又想起这事。暗嫩和我在同一家健身房一起锻炼合计快两周，随后我退出了。我知道他叫暗嫩的原因是，我第一次遇见他时，健身房老板对他说：“嗨，暗嫩，来点儿除臭剂怎么样？”老板停顿一秒钟后补充道：“告诉我，埃特加，那味儿，算不算犯罪啊？”我告诉健身房老板，我啥也没闻到，从那时起，暗嫩和我就成了朋友。事实上，我们上一次在健身房隔壁的咖啡馆碰面，他递给我请柬时，我有点儿惊讶。但请柬有点儿像传票——信封触到你的手的那一刹那，你知道你必须到场。请柬就是这样——你对请你的人了解越少，就越觉得非去不可。你如果未能参加你兄弟的婚礼，说“我没能来是因为孩子胸口痛，我送他去急诊了”，他会相信你，因为他知道，在他的大日子里，你没有比陪着他更想做的事了，但结婚的如果是暗嫩这样你几乎不熟的人，他会立刻意识到你是在找借口。

“我才不去你在健身房认识的臭家伙的婚礼。”我妻子说，语气十分坚定。

“好呀，”我说，“我一个人去。不过我们下次吵架时，我告诉你——”

“别再说我是个坏人，”她警告我，“我最恨你那么说。”

所以，我没说出来，但在去基布兹沙法雅姆的路上，我心里一直都是这么想的。我不能在那儿待太久。请柬说仪式在十二点开始，而我以前的学生吉拉德导演的电影将于一点半在特拉维夫的电影院试映。

在周五中午，交通通常很顺畅，从基布兹沙法雅姆到特拉维夫顶多半小时，所以我确信自己能及时赶去电影院。但是一直到十二点半，仪式仍没有要开始的迹象。

导演电影的学生给我打了三次电话，问我什么时候能到那儿。更确切地说，他打来两次，他的哥哥，我根本不认识的一个人，给我打了第三个电话，感谢我同意出席。“他没邀请任何其他老师来这次试映，”他告诉我，“只请了家人、朋友和你。”我决定离开。毕竟，暗嫩看到我来了，我也签到了。

我进了出租车，给吉拉德发短信，说我可能会迟到一会儿。他回我短信，说没关系。出了点儿技术故障，试映至少要推迟一小时。我让出租车司机掉头回到婚礼大厅。仪式刚刚结束。我来到暗嫩和新娘跟前，祝贺他们。

他拥抱了我，看上去真的很开心。我妻子说他“臭”不厚道；他是个情感丰富的好人，不过他的确有很重的体味。

电影放映时，我收到妻子的一条短信。“你在哪儿？德鲁克一家在等着。安息日马上要开始了，他们必须回耶路撒冷去。”德鲁克一家是我们的信了教的朋友。几年前，我们曾一起抽烟。如今我们大多谈论孩子的事。他们有好多孩子。感谢上帝，每个孩子都健康又可爱。我溜向出口处。吉拉德看见我进来了。这就够了。一小时后，我会给他发短信说电影太棒了，可电影一放完我就必须离开。吉拉德的哥哥坐在出口旁边。我离开时他看着我。他的眼中满是泪水。他并不是因为我而哭，他是因为电影而哭。在所有的压力之下，我几乎没注意到电影的内容。但他如果哭了，那这肯定是部好片子。

我乘出租车回家，司机不断地谈论着叙利亚的骚乱。他承认他不知道谁在那儿反对谁，但他对所有的行动都很兴奋。他说啊说啊说啊，但我只注意到他的身体语言。这家伙被尿憋坏了。我们到我家时，计价器显示三十八谢克尔。我给了他五十谢克尔纸币，告诉他不用找了。我从街上可以看见妻子在阳台上跟德罗尔和拉克福特·德鲁克说笑。她不是个坏人。

熏牛肉三明治

在我们去特拉维夫以北几公里的尤纳坦外公家的高速公路上，空袭警报响了。我的妻子希拉把车停到路边，我们下了车，把羽毛球和球拍留在后座上。列维握着我的手，说："爸爸，我有点儿紧张。"他七岁了，七岁是个被认为还不到适合谈论"恐惧"的年龄，所以"紧张"被用来替代了恐惧。按照"后方指挥部"的指示，希拉在路边卧倒。我告诉列维他也要卧倒。但他还是站在那儿，他那么幼小，汗津津的手抓着我的手。"快点儿卧倒。"希拉说，嗓门盖过警报声。

"你想玩个熏牛肉三明治的游戏吗？"我问列维。

"那是什么？"他问，没有松开我的手。

"妈妈和我是面包片，"我解释道，"你是一片熏牛肉。我们必须用最快的速度做个熏牛肉三明治。我们上吧。首先，你躺在妈妈身上。"我说着，列维躺到希拉身上，尽可能紧地抱着她的背。我躺到他们上面，用手撑着潮湿的泥地，以免压到他们。

"这挺好玩的。"列维说着笑了。

“做熏牛肉最好了。”希拉在他身下说。

“熏牛肉！”我喊。

“熏牛肉！”我妻子喊。

“熏牛肉！”列维喊。他的声音发颤，既因为兴奋，也因为恐惧。

“爸爸，”列维说，“快看，有蚂蚁在妈妈身上爬。”

“带蚂蚁的熏牛肉！”我喊。

“带蚂蚁的熏牛肉！”我妻子喊。

“啊哟！”列维喊。

随后我们听到爆炸声。声音很响，但离我们很远。我们依然一个叠一个卧倒，很长时间都没有移动。我的手臂开始因为支撑我的身体而疼痛。我用眼角余光望去，可以看见其他卧倒在高速公路上的司机站起来，拍掉身上的灰尘。我也站起来。

“卧倒，”列维告诉我，“卧倒，爸爸。你把三明治弄坏了。”

我又卧倒一分钟，然后说：“好了，游戏结束。我们赢了。”

“但这个游戏很好玩，”列维说，“我们再这样玩一会儿。”

我们又保持卧倒姿势几秒钟。妈妈在底下，爸爸在上面，在中间的是列维和一些红蚂蚁。我们最终站起来后，列维问炸弹在哪里。我指着爆炸声传来的方向。“似乎离我们家不远。”我说。

“哦，”列维说，有点失望，“拉哈弗大概又能找到一块碎片了。昨天，他带着上一枚炸弹的一块铁片来学校，铁片上面有公司的标志和名字。它为什么要在那么远的地方爆炸？”

“离得远点儿总比离得近点儿好。”希拉边说边擦裤子上的沙子和蚂蚁。

“它最好远到我们都没事，但又近到我可以捡点儿碎片。”列维总结。

“最好能在外公家的草坪上打羽毛球。”我否定他的想法，打开汽车后座的门。

“爸爸，”我把列维扣在安全座里时列维说，“答应我，要是再有警报，你和妈妈再跟我玩熏牛肉三明治的游戏。”

“我答应，”我说，“如果发生爆炸，我还会教你怎么玩烤奶酪。”

“太好了！”列维说，过了一会儿，他更严肃地补充道，“但要是再也没有警报了呢？”

“我想起码还会再响一两次的。”我再次跟他保证。“如果警报再也不响了，”他妈妈从前座回头补充，“没有警报我们也可以玩。”